dear+ novel
violinist no shishu

バイオリニストの刺繍

砂原糖子

新書館ディアプラス文庫

バイオリニストの刺繍

contents

illustration : 金ひかる

バイオリニストの刺《し》繍《しゅう》

「ねぇ、帰りに銀座通りのほうへ寄ってもらえる？　新しくできた焼き菓子の店が美味《おい》しいんですって」

助手席で道案内に地図を確認しているとばかり思っていたマネージャーの西上《にしがみ》は、スマホの画面をチラつかせながら言った。運転席で「あ、はい」と萎縮《いしゅく》したように応《こた》えた男は、遠征にドライバーとして駆り出された事務所の若手社員だ。

——目的地に着いてもないのに、もう土産《みやげ》選びか。

母親ほど年の離れた女のアルトボイスに、館原新良《たちはらしんら》は後部シートで軽く呆れた。まだ二十代半《なか》ばとは思えないほど不遜《ふそん》な表情だ。

まぁ土産に意識が飛ぶ気持ちも判らなくはない。

銀座通りなんて言っても、軽井沢《かるいざわ》は標高一千メートルの高原の街で、目抜き通りを離れれば田舎《いなか》らしくひっそりとしている。

都内を出発して二時間あまり。山の紅葉の美しさに目を奪われ、心躍らされた瞬間が遠く感じるほど、単調な森の景色が続いていた。ハイブリット車の静かさも眠気を誘う。

「館原くんもお土産くらい買うでしょう？」

「俺はべつに。つか、まだ着かないのか？」

平日にしても車が少ない。観光客の集まるスポットを避けるようにして進む三人の乗った車は、さっきから一台も対向車と擦《す》れ違っておらず、たまに道沿いに現れる建物には『売家』の看板が侘《わび》しく出ている。

そういえば、最近は軽井沢の別荘も昔ほど売れなくなったなんて話を聞く。こんな辺鄙《へんぴ》な町外れでは、さらに買い手はつきづらいのだろう。

「あと少しよ。見えてくる頃だわ。それよりその服、もうちょっとどうにかならなかったの？」

こちらを振り返り見た西上は、あからさまに眉を顰《ひそ》めた。

ドアに片肘《かたひじ》を載せ、頬杖《ほおづえ》をつく館原の黒いジャケットの袖《そで》からは、シルバーのドレスシャツが覗く。光沢《こうたく》のギラつき具合だけでなく、ストライプの地模様も目を引くシャツは、『軽薄』という文字を型紙に起こして仕立てたかのようだ。

「それっぽい写真の撮れる格好で頼むって言ったの、そっちだろう」

「だからって、それじゃステージ服っていうより……」

思いついた言葉は賛辞《さんじ》には程遠かったらしく、西上は口をつぐむ。

「タキシードでも着てくれれば満足だった？」

皮肉を込めた冗談を飛ばしながらも、急に大きく揺れた車に、館原は右隣の荷物へさっと長い腕を伸ばした。

庇《かば》うように抱いたのは、シートベルトをかけた黒い大きなバックパックだ。中には財布ではない貴重品、デリケートな弦楽器がケースごと入っている。

館原新良はヴァイオリニストだ。

西上は日本で契約している音楽プロモーターのマネージャーで、今日はどうしても会ってほしい人がいると言われ、半《なか》ば強制的に駆り出された。

春先から長く続いたツアー生活を終えたばかりだった。

アメリカ、日本とソロのリサイタルツアーで精力的に回り、夏からはスウェーデンの名門交響楽団とヨーロッパで共演、先日日本公演でラストを飾ったところだ。合い間にＣＤの録音や取材と、体力には自信のある館原も目の回るような多忙な日々だった。

ようやく得た休暇中に連れ出され、不機嫌顔にもなる。

会いたがっている影響力の大きなファンとやらは、別荘で優雅な隠居生活を送るどこぞの元会長だとかだろう。力のある支援者《パトロン》はいつの時代も重宝される。

演奏料をもらって観客の前に立つのがプロなら、館原のデビューは八歳だ。

ヴァイオリンを本格的に習い始めたのは、三歳のときだった。

父はチェリスト、母はオペラ歌手。祖父母にはヴァイオリニストもいる音楽一家に生まれ、歯ブラシでも握るように物心つく前から様々な楽器に触れていた。

名のある音楽家の目にもつきやすい、恵まれた環境で育ったと言える。

けれど、それだけでソリストとしてオーケストラとの共演は叶わない。演奏活動を続ける一方、ニューヨークにある名門音楽院に入学し、在学中に難関の国際コンクールで優勝した。音楽という採点のしづらい世界で『本物』の裏づけを得た館原は、今では日本で有名と言われる若手ヴァイオリニストの一人だ。

周囲の期待どおりに成長したのは、ヴァイオリンの腕だけではない。早いうちから国内外のプロモーターがついたのも、目を引くルックスがスター性を秘めていたからだ。

父は日本人とドイツ人の混血で、クオーターの館原はステージ映《ば》えのする彫《ほ》りの深い顔立ちをしている。年を重ねるほどに端整な男前へと変貌《へんぼう》を遂《と》げ、よく伸びた身長も今は百八十センチ台後半と、オーケストラをバックにしても華のある立ち姿だ。

緩《ゆる》くサイドへ向けて流れる張りのある黒髪。異国の血のためか共存が叶えられた野性味と気品。未成年のうちからスーツやタキシードが似合った。

おかげでファンが女性に偏《かたよ》り過ぎた感はあるものの、ヴァイオリニストとしてのキャリアは順調そのものだった。

少なくとも、周囲の目には。

「今日は本当に弾かなくていいんだよな？」

「先方には演奏はないって伝えてるけど……そんなに弾きたくないの？」

「ベストじゃない状況では弾きたくないってだけだ」

「それはあなたが？　ホールが？」

西上は軽い溜め息をついた。

「よしてね、スランプなんて。年明けにはＣＤの発売も控えてるんだから」

『よして』『やめて』でスランプは回避できるものじゃないだろう。

行き詰まっているつもりはないけれど、なかなかに鋭《するど》い。西上は、今では会社の幹部候補に挙がるほど辣腕《らつわん》を振るってきたマネージャーだ。ソプラノ歌手の母親が世話になっていた縁で契約し、担当になった。

「練習は続けてるんでしょう?」

不安げに訊ね、西上はすぐに打ち消した。

「ごめんなさい、今のはナシね」

それをヴァイオリニストに訊くのは愚問《ぐもん》だ。

努力しているなどとは言わない。努力は当たり前の世界だ。

「東京公演のブラームス、相変わらず素晴らしかったわ」

普段はそんな感想も言わないくせして。『それこそ、なかったことにしたほうがいいんじゃないか』なんて思いつつ、館原は「そう」とだけ短く応えた。

「着いたわ」

上り続けていた坂は急に目の前が開け、数十台は停められる広い駐車場へと入って行った。

「別荘じゃないのか?」

眩《まぶ》しいほどに白い三階建ての施設だ。ドライバーの男は車に残ることになり、二人で向かう。

無駄に重そうなバックパックを肩に下げた館原に、西上は訝《いぶか》る表情だ。

「随分大きな荷物ね。今日は日帰りの予定だけど」

「備えあれば憂《うれ》いなしって言うだろ……」

建物の入口の壁に、『エルム高原療養所』と控えめな看板があり足が止まった。

「……病院？　どういうことだよ」

「時の権力者の住まいよ。今はＳＮＳの時代でしょ、利用しない手はないわ。登録者数百万人達成の彼が、あなたに会いたがってるって言うんだから」

さっきまで土産チェックに忙しかったスマホの画面を、西上は傍《かたわ》らから差し出してくる。

意外にも中学生くらいの少年だ。

「俺にこのガキに媚《こ》びろっての？」

「ただの子供じゃないわ。今は難病で寝たきりなんですって」

さらっと言ってくれるが、館原は表情を硬くした。

「ちょっとにっこり笑って、一緒に写真撮って、それで人助けになるなら悪くないでしょう？」

「人助けじゃなくて、プロモーションに使いたいんだろ？」

「彼も楽しみにしてるのよ、あなたの新譜。嫌だなんて言わないで」

——青臭いこと言うな、か。

なりふり構う余裕はクラシック界にはない。なにやら高尚なものと崇《あが》めてくれるけれど、実際に日常的に好んで聴いている人間がどれだけいるだろう。売れるのは、名曲百選のような奏《そう》者《しゃ》など大して関心も持たれない、寄せ集めの廉価《れんか》ＣＤばかりだ。

正面口から入ると、西上はつかつかとした足取りでエレベーターに向かう。待つ間にとりあえず尋ねた。

「そんなにすごいの、その子」

「視線操作のパソコンで絵を描いてて、そのビュー数がね。とても器用な子よ。タッチが繊細《せんさい》で独特の絵なの」

「へぇ……」

「まぁ、健康な人が描いてたら見向きもされないんでしょうけど。イルカが絵を描いたらみんな歓声上げるのと似てるかしら」

ぎょっとして隣を見た。

「あんた、正気？」

西上は、売上が絡《から》むと途端に人間的ななにかを失う。男のようなショートカットにパンツスーツの横顔も、時折サイボーグのようだ。

ほかの患者には目もくれず、降りてきたエレベーターに乗り込む女に、すでに嫌な気分にさせられていた。足が重くなったのは予感もあったのかもしれない。

悪いほうの予感だ。

目指した病室は、面会ができなくなっていた。

「どうしてっ？　ハルキくん、いるんでしょう⁉」

昨夜から不調で、家族以外の面会ができなくなったらしい。

「そんなっ、東京からわざわざ来たのよ？」

二階の面会受付のカウンターで、西上は引き下がらずに医療スタッフに食い下がった。

「今日、約束をしていたんです。アポイントメント！　ひと月も前から！　話はできない？」

「ハルキくんは、会話はできません。今日のところはお引き取りになって、また改めてお越しください」

「こっちはそんなに暇じゃないの！　会いたいって言うから、連れてきたのに」

「西上さん」

呆れて声をかけるも、西上は気づかない。

「じゃあ、写真だけでも！　東京から二時間かけてきたのよ。数分もかからないから！」

「西上さん」

館原は二度、声をかけた。

後についていると、足先が飲まれるような嫌な感覚がした。ストンと落ちるのではなく、粘《ねん》度《ど》のある泥《どろ》にねっとりと覆《おお》われていくような不快感。

「俺は帰るよ」

幸か不幸か、取り乱しているマネージャーの耳には、館原の呟きは届かなかった。

ふっと踵《きびす》を返したが最後、建物を出ようとする足は止まらなくなった。エレベーターを待たずに脇の階段を駆け下り、小さなロビーを過《よ》ぎって表へ。

駐車場の車へ向かうも、車体に凭《もた》れたドライバーの男が携帯灰皿片手に一服している姿を見ると方向転換した。自分が車を出せと言ったところで、逃亡の手助けをするはずがない。

車道に出た。駅まで徒歩で気軽に目指せる距離ではないのに歩き出したのは、魔が差したとしか言いようがない。

山の空気は、車内でガラス越しに想像していたよりも冷たい。寒さよりも、淀《よど》んだ肺が生き返る心地よさを覚えた。清涼な空気を貪《むさぼ》るように吸いながら、下り坂を勢いつけて歩く。

歩みが鈍《にぶ》り始めたところ、偶然にも放置自転車を見つけた。乗り捨てられたのか不法投棄か、落ち葉に埋《う》もれて長いこと使われた形跡《けいせき》はない。どうせまともに動かないだろうと思いきや、シートの破れたサドルががたつくくらいだ。

跨《また が》ってみる。漕《こ》ぎ出せば勢いのつく坂道だ。ぐんぐんと景色は後方に飛び始め、館原は完全な逃亡者へと変わった。

「……はは、まさか逃げるなんてね」

行きは気づかなかった分かれ道が現れると、車の入りづらそうな小道を選んだ。

カーブに合わせて速度を落とし、木々から飛び立つ鳥の姿に気づく。軋《きし》むブレーキ音に反応してか、高く澄んだ鳴き声が青空へと突き抜けるように響いた。

——あ、マスだ。

鳥の声が、不意に『鱒《ます》』に聞こえた。

魚の鱒であって魚ではない。シューベルトのピアノ五重奏曲、歌曲でも有名な第四楽章の『鱒』だ。

秋の森が、さぁっと軽井沢らしい深緑の姿へ色を刷《は》きかえられていくようだった。

ヴァイオリン、ヴィオラ、チェロ。弦楽器の掛け合いのみの滑《なめ》らかな主題で始まる曲は、穏やかな小川の流れを想像させる。

水のきらめき。生き生きと水中を切って走り、時折水面《みなも》から跳ねて踊る鱒を思わせる高音のトリル。

そのヴァイオリンの音色は、まるで高らかに鳴く鳥の声のようでもある。

——ああ。

こんなのは久しぶりだ。

音楽が聞こえる。頭の中には膨大な曲の旋律《フレーズ》とその譜面《ふめん》が詰め込まれているものの、いつからか音源を再生するように、館原が意識的に引っ張り出さなければ鳴らなくなった。

美しく繊細で、ときに贅《ぜい》を尽くしたように絢爛《けんらん》でありながら、刺激的とは言いがたくなった古典の曲たち。演奏のために暗譜《あんぷ》し、気の遠くなるほど幾度も頭から出し入れを繰り返してさらい尽くした曲は、聞きたてのテレビＣＭの陳腐《ちんぷ》なメロディほどにも脳から溢れようとしない。

けれど、今聞こえている『鱒』は勝手に鳴っていた。

館原はただ耳を澄ましていればよかった。

ろくに漕がずとも坂道を転がる自転車のバランスを取りながら、木々の谷間を軽やかに飛ぶ小さな鳥を仰《あお》ぎ見る。

跳んで。跳ねるように飛んで。刹那《せつな》に鱗《うろこ》を光らせて舞う魚のように。深い青空を自由に泳ぐ鳥たちと共に、鮮《あざ》やかに脳裏《のうり》で鳴り響く音色。

なんて美しい。

すっと目を閉じて浸《ひた》りかけた館原は、不意に両手で強くハンドルを握り、キイッと甲高《かんだか》いブレーキ音を響かせた。

「行き止まり？」

アスファルトの小道は途絶え、木々の影に隠れて気づかなかった建物が忽然《こつぜん》と現れた。

洋館だ。

木造の茶色い壁と張り出しの小さなバルコニー、並ぶ格子《こうし》窓。三階建ての一階部分は堅牢《けんろう》な白壁のコンクリート造りで、大きく立派な三角屋根が特徴的だ。スイスや中部ヨーロッパ辺りの山岳地帯の家《シャレー》を思わせる。

個人の別荘にしては大きい。ひっそりと静まり返っていて、生きたものの気配は外も内にも感じられず、館原の頭の音楽も止《や》んだ。

「空き家か、ここも？」

車で来る途中に見かけた『売家』の看板を思い出す。

日本であるのを忘れさせるような軽井沢らしい風情《ふぜい》ある建物ながら、手入れをする者もいないのか裏庭は荒れ放題だ。ウッドデッキのテラスは、落ち葉を敷き詰めたようになっている。

自転車を柵《さく》に立てかけ、館原はデッキに上がった。探検好きの少年のような軽い気持ちでひょいと窓から中を覗くも、薄暗くガランとした部屋が見えるだけだ。

ベンチの枯葉を手で払い、腰をかければホッと息が零《こぼ》れた。

破れてがたついたサドルのせいで、気づけば尻が痛い。

スマホを確認すると、早くも西上から着信が何件かあった。逃亡したとまで気づいているか判らないけれど、『先に帰らせてもらった』とメールし電源をオフにした。

ヘタに繋がるより諦めもつくだろう。

西日に変わった空を仰ぎ、日差しを存分に浴びる。ここは風がなく過ごしやすい。また曲の一つも下りてきやしないかと軽く目を閉じ、しばらくぼんやりした館原は、唐突にハッと目を見開かせた。

立ち上がり、そちらに向かう。

音がした。なにか力強く打ちつけるような物音。都会の普段の生活では聞くことのない、けれど館原には懐かしくも感じられる響きだ。

建物を曲がり、その正体を確認して息を飲んだ。

――嘘だろ。

人がいる。てっきり無人とばかり思い込んでいた家の庭に、真新しい切り株を台に薪割《まきわ》りをしている人影があった。

淡い色をした髪が逆光に輝く。

若い男だ。背は低くもないのに、一瞬女かと思った。上着を着ていても痩身《そうしん》と判るシルエットのせいもあるけれど、なにより薪割りのおぼつかなさのせいだ。

見当違いの場所にひょろひょろと斧《おの》を振り下ろしたかと思えば、引き抜こうとして後ろに派手によろける。

「危ないっ！」

館原は思わず駆け寄った。

支えるまでもなく、男はどうにか持ちこたえ、こちらを見ようともせずに作業に戻る姿に『あれ？』と違和感を覚えた。

――今の声、聞こえなかったのか？

この距離で有り得ない。首を捻《ひね》りそうになるも、気づかれて困るのは勝手に侵入した自分のほうだ。

太い丸太をやっと一つ、どうにか四等分することに成功した男が振り返る気配に狼狽《うろた》える。

後ずさる館原は、そのまま背後の小屋に潜《もぐ》り込んだ。膨大《ぼうだい》な薪の積まれた薪小屋で、身を潜《ひそ》めてやり過ごすつもりが、男が中まで入ってくる気配に焦《あせ》って奥の扉を開けた。

小屋の外へ続く出口……などではなく、家の勝手口だった。白い調度品に壁の水色と、寄木《よせぎ》細工《ざいく》の床のブラウンがアクセントの空間が広がる。逃げ場を求めて足を踏み入れてしまったのは、あろうことかキッチンだ。

もはや完全な不法侵入。

デッキで寛《くつろ》いだくらいならまだしも、家の中まで入っては言い訳が立たない。奥の広い窓に飛びつく勢いで駆け寄るも、押しても下部が十五センチほど開くだけの横滑《よこすべ》り窓だ。

「嘘だろ、おい……」

表から逃げようにも、バックパックを裏手のデッキに残したままだ。

──あいつと入れ替わりに出られるか？

館原は、真っ白なタイル張りのアイランドキッチンの陰に身を隠した。

役立たずの窓を仰いでぼやく自分の声が、意外に落ち着いていることに気がつく。

「……まいったねぇ」

これも、幼い頃から演奏会で鍛《きた》え上げた度胸か。常人が手足を震わせるほどの緊張やプレッシャーにも、平然としていられるほどずぶとい。

まさか、それが仇《あだ》になる日がこようとはだ。

カン。カン。外からは、石でも打つみたいな薪割りの音が響いてくる。リズミカルとは言い難い、強弱もタイミングもてんでバラバラに無秩序な音。

拍子《ひょうし》のズレは不快でしかないはずが、間延びした音を聞くうち、あろうことか眠気がしてきた。

床に腰を落とし、背中をアイランドキッチンに預けた姿勢でうとうとし始める。いつしか重たく閉じてしまった目蓋《まぶた》を次に起こしたのは、側頭部《そくとうぶ》に違和感を覚えたからだ。

ぐいっと硬いもので頭を揺すられた衝撃に目を覚ました。

赤いフライパンを手にした男が、傍らに立っていた。

「え、なに……」

口を開いてから、問われるべきは自分のほうだと気づいた。

薪割りの男だ。正面から見ても、女のように色が白くて小作りな顔。作りもののようだと一目で感じたのは、実際に人形のように整い表情がないせいだ。

強《し》いて言えば、眼差しに警戒の色が滲《にじ》んでいる。

そして掲《かか》げられたフライパン。

「まっ、待てっ、違うんだ…っ……これはっ」

立ち上がりながら、館原は咄嗟《とっさ》にフライパンの縁《へり》を摑んだ。ぐいぐいと引っ張り合って「怪しいもんじゃない」と主張したところでなんの説得力もない。

男の返事はない。

力任せの奪い合いに息は乱れるも、一言も発しようとせず、先程の違和感が蘇《よみがえ》った。

「喋《しゃべ》れないのか？」

ふっと力の均衡《きんこう》が崩れた。男の力が緩んだ隙にフライパンを奪い取るも、凶器にもなる鉄の塊《かたまり》のやり場に困った。

「あー、なにもしない。ほら、なっ？　ここに置いておくから」

キッチンの上の、やすやすと取り戻されない位置にそろりと置く。

さて、どうするか。

素性《すじょう》を明かし、事情を説明するべきか。

軽井沢までノコノコと金持ちの機嫌取りにきたはいいが、本意ではない仕事だったので逃げ出し、ゴキゲンで自転車を転がした末に、お宅の立派な家を空き家と勘違いして侵入してしまいました……ってか？

この上なくマヌケだ。

しかし、騒がれてマスコミのネタにでもなって、西上を発狂させるよりはマシか。

「あのな、俺は……」

口を開こうとしたそのとき、バンッと激しい音が鳴った。背後の窓が割れんばかりに揺れた。

一際強い風でも山から吹き下りたのだろう。館原は驚きに暗い窓を振り返り見るも、男はまったくの無反応だ。
きょとんとした顔をしている。
館原の驚きの理由が、まるで判らないとでもいうような表情だった。
「もしかして……」
——耳？
喋れないのではなく、聞こえないのか？
妙な間が生まれた。男は徐《おもむろ》に上着のポケットからスマートフォンを取り出す。
「あっ、待てっ、警察は……」
画面をタップする白い指に通報かと焦る。
男はさらさらとした入力で書いた文を、スマホを突き出して見せた。
『ここでなにをやってる。盗みか？』
覗き込んだメモの画面には、そう書かれていた。
「ち、違う。断じて泥棒じゃない、信じてくれ」
男は館原の口元を食い入るように見つめた。
読唇術《どくしんじゅつ》なのか。
また文字を入力する。
『泥棒にしては派手だな。ホストみたいだ』

「ホストって……」

シルバーシャツのことなら、言い得ていた。おそらく西上も車でそう言ってしまいたかったに違いない。

今朝、クローゼットを開けた際、ふと目についた。金さえチラつかされれば、どこへなりと飛んでいく。太客《ふときゃく》に媚びるホストのようだなんて、自分を揶揄《やゆ》る気持ちで袖《そで》を通した。

「ああ、そう……ホストなんだ。性悪女の別荘に囲われそうになって逃げてきた。自転車拾って距離稼《かせ》げたはいいけど、道に迷って……気がついたらここに?」

即興《そっきょう》の言い訳ながら辻褄《つじつま》は合っている。

しかし、反応はなかった。男は髪色と同じ茶色い両目を、ガラス玉のようにじっと向けるばかりだ。

「今の、判らなかったのか? もっとゆっくり喋ったほうが……あー、借金のかたにな、女に……」

借金なんて新たな設定を添えつつゆっくりと唇を動かせば、ようやく白い手が動いた。

『出て行ってくれ』

画面の冷ややかな返事に戸惑う。

「いや、ちょっと」

なにも問題はないはずだ。穏便《おんびん》にここを出て行けるのなら、それがなにより。追い立てるような眼差しに急《せ》かされるまま、館原は戸口に向かう。

一体、どれくらい居眠りしてしまったのか。

外はすっかり夜だ。包むものをすべて切り裂きそうに冷え込みのきつい夜気と、のっぺりとした暗がりが家の周囲を覆っている。

街灯もないのか、右も左も判らないような闇だ。

自転車で無事に駅まで辿り着けるのか不安だ。タクシーを呼ぶべきかもしれない。

「あのさ、お願いがあるんだけど近くの……」

見送りというより、確認についてきたに違いない男はすぐ後ろにいた。

振り返った館原は、自分でも思いがけない言葉を口にしていた。

「なぁ、今晩泊めてくれない？」


カン。カン。朝もやに包まれた森に響く音は、小気味いいほどリズムよく鳴った。十月の終わりから薪が必要なだけあって、朝は随分冷えるが、体を動かすうちに暖まってくる。

館原は、早朝から薪割りをしていた。

宿泊の引換条件だ。あの下手《へた》くそぶりでは、どうせいくらも進んでいないだろうと思えば案の定だった。

普段は自分で割っておらず、冬を越すために注文した薪が予想外に太すぎたらしい。

それにしても、普通は不法侵入の見知らぬ男を泊めたりはしない。警戒心がなさすぎるのか、よほど薪割りに懲《こ》り懲《ご》りなのか。

——いや、人のことは言えない。

自分もどうかしている。

元々、軽井沢での役目を果たした後は、ふらっと近場の旅でもしようとは考えていた。日帰りにしては多い荷物もそのためだ。

「ふっ……」

ホスト服から一転、動きやすい蛍光色のグリーンとブラックのスポーツウェア姿の館原は、軽く身を撓《しな》らせる。

漲《みなぎ》る力を解放し斧を振り下ろせば、刃先がメリッと食い込むと同時に、丸太は柔らかな繊維《せんい》でも裂くようにパカーンと割れる。

——久しぶりだ、この感じ。

薪割りは子供の頃に覚えた。夏から秋にかけ、ウィーン郊外の森で過ごしていたときだ。主にヨーロッパと日本を行き来しながら暮らす両親に合わせ、館原にはそれぞれにヴァイオリンの先生がいた。オーストリアで師事《しじ》していたのは、世界的にも有名な指揮者で、元ヴァイオリニストでもあるアルデルト・マウエンだ。

自然をこよなく愛する老齢の音楽家の元で過ごした週末や夏休み。防音設備もなしに演奏に没頭《ぼっとう》できる別荘は、レッスンにはよくとも息抜きの娯楽は少なく、薪割りはストレス解消に役立った。

ヴァイオリンの上達にも、まったくの無駄ではなかった。姿勢を維持《いじ》するにも筋力がいる。僅《わず》かなブレが弓と弦の関係を変える弦楽器は、楽々と安定した姿勢を保てることが基礎になる。

「薪割りも結局はコツだなっ、力任せじゃ良い音は鳴らないっ……ああ、音ってのは昔やり方を教えてくれたのが音楽の先生でっ……サンタクロースみたいな髭生《ひげは》やしたっ、ジイさんだよ。昔の写真はツルッツルの割れ顎《あご》だったのに……」

館原は背後の反応がないことに気がつき、薪を割る手を止め振り返った。家に戻ってしまったのかと思えば、この家の一人暮らしの主人は寒そうにしつつも変わらずそこに立っていた。

目が合うと、スマホを操作し突き出す。

『君は薪割りが上手いな。どこかで習ったのか？』

人の話を聞いていなかったのか。ムッとしそうになるも、背を向けていくら喋ったところで、唇を動かしていることすら伝わらないのだと気がついた。

そもそも、音でコツを示すなんて無神経だった。

「ああ……子供の頃に、知り合いに教えてもらったんだ。サンタクロースみたいな人に」

体ごと顔を向け、ゆっくりと話す。

『サンタクロース?』

「髭だよ。似てた」

豊かな顎髭を表すような仕草をジェスチャーで添えれば、ようやく理解したようで、白い顔は小さく頷く。

耳の聞こえない者との会話は、どうやら薪割りのようにコツがいるらしい。

男の名前は、吹野響《ふきのひびき》。三つ年上の二十九歳だった。

聴力を失ったのは三歳のときで、病気による高熱からだという。二十六年あまりも聴覚障害者として暮らしているとなると、生まれつきとほぼ変わらない。

なのに『響』とは、また随分《ずいぶん》と皮肉な名前だ。

以前は高音が微《かす》かに聞こえたこともあったそうだが、最近は全然だとか。

館原は咄嗟に本名を名乗ったが、吹野が自分を知っている様子はなかった。テレビなどのメディアにも度々《たびたび》顔を出し、ヴァイオリニストとして知れた存在と言っても、クラシックに興味のない層への浸透《しんとう》はまだまだだ。

まして音楽を聴くこともない人間が知るはずもない。

クラシックどころか、ポップスも演歌も童謡も、子守唄さえ存在しない世界。ヴァイオリンもピアノもフルートも、弦も管《かん》もなにもない。大きな音を出すのが仕事のようなシンバルの音さえ聞こえないとは、一体どういう感覚なのか。

永遠に続く全休符《ぜんきゅうふ》。一般的な同情心が一通り芽生《めば》えた後、館原の心に滑《すべ》り込んできたのは、人として最低であろう好奇心だ。

『朝食にしよう』

画面の文字で促《うなが》す男は、館原の返事も聞かずに背を向ける。

「吹野さん」

半信半疑で呼びかけてみるも、背中はぴくりとも反応しない。「おいっ！」と不躾《ぶしつけ》に鋭い声を響かせても変わらず、秋の朝の冷たい風だけが、渋々応えるように頭上でかさついた葉擦《はず》れの音を立てた。

暖かい。勝手口からキッチンに戻ると、生温かな空気が身に纏《まと》わり、焼き上がったパンの匂いが空っぽの腹を刺激した。

ダイニングは隣の間で、テーブルに食事の皿の一部はすでに並んでいる。黄味の鮮やかなキッシュを中心に生ハムやフレッシュチーズ、ハーブ類をふんだんに使ったサラダ。一般的な洋食のモーニングが、森のリストランテで朝を迎えたかと錯覚しそうに美しく映る。

——彩《いろど》りのせいか？

昨晩出された食事も、カトラリー含め店のようだと思ったけれど、夕飯だからかと思っていた。

そもそも、普通の家では真っ白な布クロスをテーブルに張ったりはしないだろう。

「へぇ、朝もすごいな……ああ、そうだった」

下を向いて喋っては意味がない。

館原を窓際の席に促し、キッチンへ行こうとする男に手を伸ばした。摑んだ袖を軽く引っ張り、「美味《うま》そうだ」と唇を動かし伝える。

はにかむでもなく頷いた吹野は、冷蔵庫からプラスチックのボトルを二本携《たずさ》えて戻ってきた。

サラダのドレッシングのようだがラベルはない。

「自家製？　イタリアンかな……そっちは？」

『ランチドレッシング。サワークリーム系』

ドレッシングの説明一つでもまたスマホだ。

本当に感心するほど一言も喋らない。愛想もない。

まさか喜怒哀楽も不自由というわけではないだろう。表情のコミュニケーションまで足りないのはどういうことだ。

目が合えば、吹野は館原の戸惑いを察して告げる。

『筆談は面倒か？　慣れない？』

「いや、べつに読みやすいし。スマホがメモ帳代わりって時代だよな。まぁ辞書機能も予測変換もあるし、スマホなら音声にだって変えられるもんな」

慣れないのは、むしろ真っ直《ます》ぐな眼差しで口元を見つめられることのほうだ。

唇の動きで言葉を読み取る技能は、『読話《どくわ》』と言うらしい。聴覚障害者の会話法である『口話《こうわ》』の一環で、言語聴覚士との訓練で身につけるのだとか。

昨晩、館原の疑問に吹野は答え、スマホで語った。聴力を失ったのは幼い頃だから、不便はあっても今更苦労と感じることはないのだとも。

そんなものなのか？

温かなスープと、ふんわりと焼き上がったトーストがキッチンから運ばれてくる。エプロンこそしていないものの、高級なリストランテの給仕のように吹野の身のこなしは美しい。

見た目はどこも普通の人と変わりがない……どころか、それ以上だ。

六人掛けのテーブルの端で向かい合えば、否応《いやおう》なしにその容姿が整っているのを感じた。なにより顔だ。くっきりとした二重の目元にもかかわらず、涼やかに見えるのは、全体的に肉づきも色素も薄いせいか。

吹野もハーフかクオーターなのかと思ったけれど、純粋な日本人だという。

ジャケットの下の乳白色のニット。袖や首元から覗く白い肌。やけに清潔感に溢れて見える。ベジタリアンだと言われても、『そうかな』と思わせるストイックさが纏う雰囲気にある。

じっと見つめていると、吹野はスープスプーンを動かす手を止め、やや毛先に癖のある髪が揺れた。

傍らのスマホを手に取る。

『そんなに僕はもの珍しいか？』

「ああ、まぁ……その髪は地毛なのかなって」

吹野が目を瞠《みは》らせた。

『髪のことなんて訊かれたのは初めてだ』

「へぇ……」

たしかに吹野にはそれ以上に珍しい特徴がある。これまでは、『ほかのこと』ばかり訊かれてきたのか。

『地毛だよ。日に当たらないからじゃないかな。運動は苦手でね。野菜も日照が足りないと、ひょろひょろの薄い色の葉しか育たない』

「日照って……」

『冗談だ』

あまりに淡々としていて、笑い損《そこ》ねた。真顔で入力しておいて、ジョークの判らない男みたいな扱いをされても困る。

どうにも掴みづらい男だ。

「あー、そういや吹野さんは軽井沢は長いのか？」

『大学卒業までは東京にいた。実家は向こうにある』

「じゃあ、やっぱ別荘なんだここ……長く住むには結構不便そうだけど。駅から遠いし、買い出しとかいろいろ」

『配達してもらってる。車もあるし、』

書きかけとしか思えない途切れた文の画面を見せ、吹野は窓辺に顔を向けた。

大きな窓は森へと続いている。東向きのダイニングではないけれど、日差しを受けた木々の梢《こずえ》の輝きに、日がだいぶ昇っているのを感じる。

「吹野さん？」

止まった指が画面の上を滑らかに走る。

『ここは静かでいい』

館原は戸惑った。

まさか、それも冗談なのか。笑えない。

「静かって……吹野さん、街中でもうるさい思いはしなくてすむんだろ？」

戸惑いに不躾《ぶしつけ》な言葉が出る。

音とは、なにも美しい音楽ばかりではない。人も車もビルも、なにもかもが過密で絶え間ない雑音の放たれる街では、障害すらたぶん利点になり得る。

『耳で聞こえなくても、肌で感じる』

「え、そうなんだ？　音圧とか？　そういえば昨日、耳が聞こえない分、ほかの感覚が鋭くなるようなことを言ってたな」

吹野の返事はなかった。キルティングのジャケットの腕を伸ばした男は、スマホに代わって水のなみなみと入ったガラスピッチャーを手に取る。

「ああ、どうも」

空《から》のままだったグラスに注ぎ入れてくれる。家庭ではあまり日常使いにはしない、極薄いガラスと華奢《きゃしゃ》な足のワイングラスだ。

キラキラと揺れる水。置き心地に違和感を感じてよく見ると、テーブルクロスの地模様とばかり思っていた小花柄は刺繍《ししゅう》だった。

白い布地に乳白色の糸。この上なく目立たない細工にもかかわらず、全面の柄がプリントでも織り柄でもない、手間暇《てまひま》のかかる刺繍で驚く。

『汚さないでくれよ。半年かかった』

吹野の言葉に、さらに驚かされた。

「え、まさかこの刺繍、あんたが？」

ゆったりと傾けたグラスに押し当てた男の薄い唇は、僅《わず》かに口角《こうかく》が上がった。

今のはもしや笑ったのか。

『男が刺繍は変かな？』

「いや、変わってるっていうか……刺繍とか編み物とか、ほら小さい布を縫《ぬ》い集めたやつ……」

『パッチワーク？　キルトは人気だね』

「それ、そういうのは暇持て余してる金持ちの主婦がやるもんかと思ってた」

なんでも安価で手に入る時代だ。ボタン一つ自分でつけた経験がなく、寸暇《すんか》も惜しんで譜読《ふよ》みや運弓《ボウイング》の練習に費《つい》やす日々を送ってきた館原には、あまりに贅沢《ぜいたく》な時間の使い方に思えてならない。

「あ……悪い」

吹野は頭を振った。

『いや、そのとおりだ。僕は生活に困っていないし時間もある。お金はべつに使わないでもいられるけど、時間は使っていかないとならないからね。溢れると厄介《やっかい》だ』

どことなく意味深な言葉だ。

「……それで趣味に？」

『少しは売ったりもしてる。今はネットで素人《しろうと》のハンドメイド作品を販売できるサイトもあってね。時間を潰《つぶ》しつつ、承認欲求もほどほどに満たせる。なかなか楽しいよ』

違和感だ。吹野の言葉に、館原はそれしか感じられなかった。楽しいというわりに笑顔の一つもないせいだろうか。

クロスの刺繍と同じ、そこにあるのに目立たない。感情表現が異常に控えめなのは耳が聞こえないせいか、個人の性格によるものなのか。

不意にピーッと甲高く鳴り始めた音に、館原はビクリとなった。カウンター越しに覗くキッチンへ目を向けると、視線の動きに気づいた吹野も反応する。

『お湯が沸いた？』

忘れないようタイマーをかけておいたようで、バイブ機能に震え始めたスマートフォンを手に取る。

『食後はコーヒー？　紅茶？』

ケトルの音を、音圧で判った様子などなかった。


生活に困っていないというのは本当だろう。

ペンションやホテルであっても驚かない、広々とした別荘だ。荒れているのは裏庭だけで、表に回ればシャレー風の小さな木製のバルコニーには、この季節でも赤や黄色のプランターの花々が可愛らしく並んでいた。

華美《かび》ではないが、高原の別荘の拘《こだわ》りを持って建てられたに違いない。リビングの暖炉《だんろ》一つ、部屋の構造一つとっても判る。薪割りから解放されたくとも、とても普通の暖房器具だけでは温まりそうにないほど、吹き抜けの天井は高い。

調度品は一見普通ながら、吹野の生活をサポートするものもあった。見た目は間接照明のような壁のランプ。インターフォンのベルに代わって、来客を光で知らせる。固定電話の音も然《しか》りで、テレビは字幕付きの番組や映画に限って映し出され、音量はゼロだ。

無音の画面で繰り広げられるアクション。映画はBGMも効果音もなく、演者《えんじゃ》はパクパクと唇を動かすばかり。

昔のサイレントムービーはこんな感じだったんだろうか。

座面も背もたれもファブリック地のL字のソファに座り、館原は壁のテレビを食い入るように見つめた。

ここはたしかに静かだ。

溢れる音の中で暮らし、また音を生むことを生業《なりわい》とする館原には、音を必要としない、むしろ排除したようにさえ感じられる生活は、あまりに奇妙だった。

まるで境界なく繋がった海が、南国のラグーンと都市部の港湾では色を違えるように、一つであるはずの世界が別世界だ。

「あ、俺も見てるのに」

断りもなく消された画面に、館原はローテーブルの傍らに立った男を仰いだ。リモコンを掲げた吹野は、入力済みのスマホのメモを反対の手で見せる。

『音のないテレビなんて見たってしょうがないだろう。そろそろ帰ってくれないか』

もう午後になろうとしている。

「その話なんだけど……」

『ダメだ』

「いやまだなにも言って……」

『ホテル扱いされても困る』

聞く耳も持たないとはこのことか。交渉の余地なく文字を入力する男に、館原はムッとしつつも懇願《こんがん》した。

「頼むよ。いいだろ、部屋は余ってるんだから。裏庭側の部屋なんて空き家かと思ったくらいだし、防犯の意味でも……そうだ、宿泊代を払うってのは？」

『君はお金がなくて借金のかたに軽井沢に連れてこられたんじゃなかったのか？』

冷ややかな返事だ。

勢い任せで口走った身の上設定は、館原のほうがあやふやだ。

『ホストなら、ほかの女のところにでも逃げたらいいだろう』

「あー、モテない売れないホストなんだよ」

『身長と顔だけが取り柄の？』

「そう、そんな感じだな。残念ながら」

いつでも真顔の吹野は、じっと見つめ返したかと思うと、くるりと背中を向けた。

「吹野さんっ」

後ろ姿に呼びかけても引き留められないのはもう判っていながらも、この状況は無視されているとしか思えない。

「なぁ吹野さん、頼むよ」

リビングの間口まで運び入れていた掃除機を吹野はかけ始め、館原はなんとか目に留まろうと躍起《やっき》になった。進路を塞《ふさ》ぎ、長身を屈《かが》ませてその顔を覗き込む。

「じゃあ、なんで昨日は泊めてくれたんだよ？　薪はまだ一部しか割れてないし、冬越せる量を確保したいんだろ？　この部屋、暖まりにくそうだしな？」

掃除機のヘッドを床に押しつけて前後させる吹野は、障害物の館原を押し退《の》けようとする。

「吹野さんっ」

助けはもういらないと言いたげだ。

たしかに見た目は普通と変わりない男は、一人で充分に暮らしていけるほどしっかり者で、ヘタクソな薪割り以外は誰の手も必要としていないのだろう。

それでも、今は言わないわけにもいかなかった。

吹野の視界に努めて神妙な顔を収め、館原は言った。

「さっきから、掃除機の電源入ってないんだけど」

息を吸って、吐いて。

静寂が当たり前のこの家では、自分の息遣いはやけに大きく響く。

結局、館原《たちはら》は掃除を手伝った。僅かなりと存在意義を示したつもりで、昼食を得た後は二階に上がった。

与えられている部屋は、十六畳《じょう》ほどのゲストルームだ。西側ではなく、格子窓から差し込む午後の光が優しいのはありがたい。

館原はクローゼットにしまったバックパックから黒い光沢《こうたく》のあるヴァイオリンケースを取り出すと、ベッドの上に置いた。

生成《きな》りのベッドカバーには、緑の葉に黄色の丸い綿毛のようなぽわぽわとした花の刺繍《ししゅう》が施《ほどこ》されている。

「なんだっけ、この花……」

思い出せない。

これもたぶん吹野《ふきの》が縫《ぬ》ったのだろう。

カバーいっぱいに縫い目で花を描く労力を思うと、気が遠くなる。ヴァイオリンの練習も大《たい》概《がい》気の遠くなるような反復作業ながら、刺繍も根気という意味では変わらないのかもしれない。

なんとなく遠慮がちに端に腰をかけ、ケースからヴァイオリンを取り出した。強めに張った弓に松脂《まつやに》を塗り、じわりとペグを回してA線から順に調弦《ちょうげん》を施していく。扉のほうを見た。結構な音量で鳴らしてみても、誰かが階段を上がってくるような気配はない。

どこにいようと練習を休むわけにはいかなかった。

ヴァイオリンは『曖昧《あいまい》』の楽器だ。押したり塞《ふさ》げばとりあえず音階だけは取れる鍵盤《けんばん》や指穴もなく、指板には仕切《フレット》どころかポジションマークの一つもない。

さらには耳元で鳴らすため、自身の音の客観性を保ちづらく、客席にどう届いているかは想像力で補塡《ほてん》している部分がある。メンタリティの表れやすい、恐ろしく不安定さを孕《はら》んだ楽器だ。

館原は練習を始めようと楽器を構え、弾き出したもののほんの数小節のところで動きを止めた。

身じろぎもせず、光を湛《たた》えた格子窓を数秒見つめたのち、なにか思い当たったように両手を下ろした。弾くのを止め、スマートフォンに入れた音源を鳴らし始める。

以前、録音したコンサートでの自分の演奏だ。

先日のツアーのラスト、日本の東京公演の曲目と同じ、ブラームスのヴァイオリン協奏曲。ベートーベン、メンデルスゾーンの作品に並ぶ、三大協奏曲の一つの名曲で、人気が高いだけに数数《かずかぞ》えきれないほど演奏してきた。

——にもかかわらず、暗譜《あんぷ》が飛んだ。

本番中に譜面を忘れてしまったのだ。

本来、東京公演ではブラームスではなくシベリウスの協奏曲を弾く予定だった。主催からの強い要請で変更を余儀《よぎ》なくさせられたせいだ。

申し入れはさすがに直前ではなかったけれど、音合わせも始めた時期で、よく指揮者が受け入れたものだと思った。

一体どこのどいつか、権力者から相当な圧力がかけられたに違いない。

どちらも交響曲《シンフォニック》要素の強い協奏曲で、ブラームスに至っては第一楽章、第二楽章共に冒頭にヴァイオリンが主役とは思えないほどの休符が続く。

以前、インタビューで『協奏曲の演奏のない時間はなにを考えているのか』と問われたことがある。面白い質問だと思った。

オーケストラとの共演は、その度に喜びがある。ぼんやり弓を下ろして突っ立っているように見えるかもしれないが、観客と同じく純粋に音楽を楽しんでいる。

だが、あの日は違っていた。

館原は客席をずっと意識していた。

右手のやや前方に空席が二つあった。ソリストに近いその席は、館原がシベリウスの予定で自《みず》ら招待した客の席だった。

招いた客が来なかったのは、変更のせいではない。けれど、満席のホールでぽっかりと空いた席は、どうしてもステージから目についてならなかった。

そして、迎えた第三楽章。

アダージョから、アレグロ・ジョコーソ。仄暗《ほのぐら》く淋しげだった第二楽章から打って変わり、うっかり居眠りしていた客も目覚めるような、力強く快活な重音の始まり。オーケストラと独奏ヴァイオリンの、小気味いいほどの掛け合い。思わず客もリズムを取りたくなるような明い華やぎの中で、異変は静かに蝕《むしば》むように起こった。

オーケストラが歌えば、館原のパートは休符が続く。

その度に暗譜が飛んだ。

ソリストも人間だ。譜面が頭から飛ぶこと自体は珍しくはない。一時間近くにも及ぶ大作もある中、一音漏らさず完璧な暗譜を保ち続けるのは難しい。

不完全さすら見越した練習をしている。どこで飛ぼうと、パニックにならずに続きに戻って弾けるのがプロだ。

観客はカタルシスを求めている。期待されるパッセージを、フレーズを、鳴らすべきところで完璧に鳴らすことこそが使命だ。

しかしあの日、頭は真っ白のままだった。

記憶は飛んだが、音は飛びはしなかった。

体だけが自然と動いた。左手のシフティングは音程を僅かもずれることなく捉え、オクターブの重音で音の階段を駆け上って、観客の求めるあのフレーズを奏《かな》でた。

頭と体がちぐはぐで、バラバラだった。

自分はおかしくなったのか。

なにかの病気なのか。コンディションはいつも整えており、思い当たるのはシベリウスを弾けなかったことだけだ。

曲が終わり、一階の中央付近で客の一人が立ち上がった瞬間、館原は罵倒《ばとう》されると思い身構えた。

男は掲げた両手を大きく叩き、聞きなれた乾いた音は引き金となりうねりとなり、次々と会場の観客を飲み込んでスタンディングオベーションへと変わって、歓喜の拍手とブラボーの叫びがホールを満たした。

信じられない思いだった。

自分しか不調に気づかなかったのか。

「……あ」

ベッドの上に置いたスマホを見つめ、身を強張《こわば》らせていた館原はハッと顔を起こした。

階段を上ってくる足音を感じ、急いでヴァイオリンと弓をケースにしまう。クローゼットに戻す余裕はない。ベッドの下に滑り込ませ、元どおりに端に腰かける。

ブラームスの鳴り続けるスマホに気がついたのは、ノック音に応えてからだ。

返事をしたところで気づかない吹野は、そろりと扉を開けて入ってきた。

「なに？」

無理矢理に居つこうとしている家の主人に対してとは思えないほど、ぶっきらぼうな声が出る。

『なにやってたんだ？』

テレビもない部屋でベッドに座っているだけの館原に、スマホの文で問う吹野は訝《いぶか》る顔だ。

その瞬間、大人しかった第二楽章が終わり、空気を読まない館原のスマホは、打ち上げ花火のように第三楽章を軽快に鳴らし始めた。

心臓に悪い。

吹野に気づいた様子はない。

「あー、ぼうっとしてた。薪割《まきわ》りは重労働で疲れるからな」

肩を回す仕草をすると、慌てた様子で吹野はスマホを操作した。

『肩大丈夫なのか？』

「平気平気、薪割りは得意だから。しっかり休養とれば大丈夫だ……というわけで、午後はゆっくり休ませてもらう」

休むもなにも、ここにずっといられるわけじゃない。『早く出て行け』と急《せ》かすつもりできたのかと構えると、安堵した吹野に告げられた。

『薪割りはどのくらいかかりそうなんだ？　それと、あったら楽だって言ってた楔《くさび》を明日にでも買って来てほしい』

「え、それってつまり……」

相変わらずにこりともしないけれど、どうやら滞在の許可が下りたらしい。

吹野は小さく一つ頷いて部屋を出て行き、館原はホッと胸を撫で下ろす。鳴りっぱなしのスマホを手に取ろうとして、不意にベッドカバーの花の名前を思い出した。

「……ミモザだ」

黄色く丸い刺繍の膨《ふく》らみ。一つ一つ数えるように触れると、なんだか妙に気持ちが安らぐのを感じた。


「あ、それです。わー、ありがとうございます！」

「すごいっ、脚立《きゃたつ》なしで取れちゃうなんて〜」

翌日、館原は買い出しのために駅近くのホームセンターにいた。棚の最上部の商品に手が届かず困っていた女性客を、通りすがりに助けてやると大げさに喜ばれた。

現れた救世主に、若い二人ははしゃいだ様子だ。いつの世も女は高身長とイケメンには甘い。館原も慣れたもので「どういたしまして」とさらりと返し、キラキラとした目で見つめる二人に不思議そうな顔をされた。

「お兄さん、もしかしてどこかで見たような……テレビに出てません？」

「まさか」と苦笑いした。ロードワーク中にしか見えないスポーツウェアなど着ていれば、誤解されるのも当然か。

館原の目当ては薪割りに使う楔で、ほかに滞在に必要な日用品をいくつか買った。その後は、観光客や地元民と化した別荘族も行き交う駅周辺を、自転車でぶらりと巡る。

拘《こだわ》りの強そうなベーカリーや肉やチーズなどの加工品のデリカテッセン、新旧の雰囲気たっぷりのカフェと、住みついてしまいたくなるのも判る店が点在している。

軽井沢《かるいざわ》には何度か訪れているが詳しくはない。ガイドブックでも買うかと書店に寄り、ふと実用書コーナーの本が目についた。

『やさしくわかる聴覚障害』

館原はつい手に取り、捲《めく》った。

冒頭は、障害の原因や分類に触れている。大きな声や音すら聞こえない、百デシベル以上を感知できない聴覚障害は重度難聴《なんちょう》に当たるらしい。

程度以外にも、発生した時期で生活への影響は大きく変わる。

成長過程での聴覚異常は『中途失聴者《ちゅうとしっちょうしゃ》』と書かれており、吹野はこれに当たると思いきや、補足の説明がなされていた。

――言語形成期の失聴は発話障害を伴いやすいため、五歳までの聴力低下は『ろう者《しゃ》』に含まれる。

ドキリとなった。馴染みの薄い言葉は、急に深刻度が増して感じられた。そのまま本を数ページ捲り続けるも、頭に入らず館原は棚に戻す。

なにを動揺しているんだかと思う。

三歳から二十六年間もの失聴、深刻なのは判りきっている。だいたい親しくなりたいわけでもないのに、こんな本を読んでどうする。

それに、他人から見てどうだろうと、吹野は苦労は感じていないと言った。本には、ろう者は手話を主言語《しゅげんご》にしているとあるけれど、吹野は手話はやらないし、スマホの筆談が主だ。

館原は縋《すが》るように思った。

吹野は違う。

――なにが違うんだか。

本来の目的も忘れ、足早に書店を出た。なんとなく急いた気持ちで自転車に跨《また》がり、元来た道を走らせる。下りだった行きと違い坂がきつい。

息を乱しつつも頭上を仰げば、たった数日の間に、薄ぼんやりした曇《くも》り空の下の道沿いの木々が随分とまた葉を落としていた。

木の股《また》に、もやりとした緑色の球体がいくつも乗っかっている。直径三十センチから五十センチくらいか。

寄生木《やどりぎ》だ。吹野の家のガレージの傍の木にもあり、落葉した樹木にヤドリギだけが瑞々《みずみず》しい緑色を保っているためよく目立つ。

煙突つきの三角屋根と、ヤドリギを股に載せた木と。目指した家の前には、見慣れない赤い軽自動車が停まっていた。

施錠《せじょう》もされていない玄関に、女物のシンプルな黒いパンプス。来客も意外ながら、人の気配のするリビングをそろりと覗いて驚いた。

テラスを望む窓辺の小さな丸テーブルを挟んだチェア。吹野と向かい合っているのは、ハーフアップの髪に紺のパンツスーツの落ち着いた中年女性だ。

「じゃあ、掃除機、電源入ってなかったんですか?」

女は声に合わせ、身振り手振りをしていた。両手を上げたり下げたり、指を立てて回したり。忙《せわ》しなくなにかを形作り、向かいの男も応えて手を動かすのに驚いた。

手話だ。

しかも、笑っている。女の笑い声と、判りやすく笑みを浮かべた吹野の横顔。

館原は思わずつかつかと歩み寄った。

「おい」

その肩を咄嗟《とっさ》に摑んでしまい、ビクリと吹野の腰が浮く。

「……っ……」

開かれた唇から漏れた微かな音。声と呼ぶには不明瞭ながら、ハッとなって聞き取ろうとした館原の意識は女の高い声に掻き乱される。

「あっ、あなたどなたっ!?」

ぬっと現れた百九十センチ近い大男は、侵入者と思えば怯《おび》えるのも無理はない。

自分の立場をどう説明したものか。

館原は珍しくまごつき、吹野が女に向けて両手で三角屋根を作るような仕草をした。左手を緩く握ったかと思うと、親指と小指だけを立て、くるりと回し見せる。

「え……そうなんですか？」

女の顔に、いくらか安堵《あんど》の表情が浮かんだ。

その後の二人の手話は館原にはまるで判らなかったものの、女は地域の訪問相談員で前島《まえじま》と名乗った。聴覚障害者のサポートをしており、今日は山の上の療養所を訪ねたついでに寄ったのだとか。

「じゃあ、そろそろ」と帰って行き、見送りに玄関まで出た吹野を館原も追った。

ドアが閉まるやいなや、畳《たた》みかけるように問う。

「さっき、俺のことなんて言ったんだ？　手話でなんか言ったろ？　てか、手話できるんだ？」

できると言うより、本に書かれていたとおりなら、吹野は手話のほうが主に使用する言語なのだ。

スマホをパンツのポケットから取り出し、吹野は館原には変わらず画面で語る。

『不法侵入で居ついてるホストだってね』

「嘘だろ。そんな感じじゃなかったぞ」

ついと視線を逸《そ》らし、見なかった振りで返事をうやむやにする男にムッとしつつ、館原はニットベストから伸びた白シャツの袖を引っ張った。

「そういや、ちゃんと笑えるんだな。あんたがまともに笑うの、初めて見た」

『僕も愛想笑いくらいはするよ。礼儀のうちだろう』

「俺にはその礼儀もないってことか？」

『君は不法侵入のホストだ』

「ホストホストって、職業差別かよ」

問題は不法侵入のほうに違いない。けれど、どうやら自分に対してのみ愛想も素《そ》っ気《け》もない、都合が悪くなると無視まで加わる態度を取られていると知り、心穏やかでいられない。

「もしかして、喋《しゃべ》ったりもできるのか？」

ぐいと正面から両腕を摑んで問い質《ただ》した。

同じ男とは思えない、シャツ越しの華奢《きゃしゃ》な腕の感触が手のひらに伝わってくる。

「なぁ、吹野さん、本当は喋れるんだろう?」

両手を振り払う吹野は、少し間を置いたのち応えた。

『少しは。読話《どくわ》と一緒に習ったからね』

「じゃあ……」

吹野の唇は真一文字に結ばれたままだ。声を発する気配もなければ、にこりと笑いもしない。

もう話は終わりだとばかりに、スマホをポケットに戻し、リビングに向かう男に館原は呆気《あっけ》に取られた。

都合が悪くなると見ない振り。一方的に会話をシャットアウトできるのだから、ある意味最強に卑怯だ。

——可愛くない。

三つも年上の男に抱く感情ではないかもしれないが、可愛げがなさすぎると、男の後ろ姿を睨み据えて思った。

『逃亡なんて思い切ったわねぇ』

電話越しの女の声は、顔が見えずとも笑っているのが伝わってきた。

午後、駅周辺での買い出しの途中、ピアニストの波木璃音《なみきるね》が『久しぶり』と電話をかけてきた。ドイツでのリサイタルを終えて戻ったところで、西上《にしがみ》と仕事で会ったらしい。

館原より五歳年上の彼女は、情熱的な演奏と妖艶なルックスで人気とは思えないほど、普段はサバサバしている。共演する機会は滅多《めった》にないが、ソリストという立場は共通していて話しやすかった。

『あなたが雲隠れして連絡つかないって嘆いてたわよ。優等生がどうしちゃったの？』

「俺を優等生なんて言うの、璃音さんくらいかな」

『この世界じゃ、お客を呼べる人が優等生でしょ』

「なるほど。雲隠れじゃなくて、ただの休暇中だよ」

館原は停めておいた自転車に跨《またが》る。

吹野に頼まれたベーカリーでパンを買い、店を出たところだ。さすがに長いバゲットを焼くような窯《かま》は個人の家にはなく、ここはスペイン製の石窯《いしがま》でもっちりとした焼き上がりが人気なのだとか。

紙包みのパンをバックパックに刺し、自転車に跨ったまま話をした。

『どこで休暇中なんだか、どうせ女のところでしょ？　広尾《ひろお》のレストランで見かけたなんて噂も聞いてるけど』

「デマだね。東京にはいない」

館原はハハッと乾いた笑い声を立てる。

昔も今もおそろしく女によくモテるのは誰もが知るところだ。館原自身、『恋』の正体を知らねばと、来るもの拒《こば》まずでいた時期もあった。

音楽はアートに近い。芸術は感情が作品に迸《ほとばし》る。恋愛経験が曲の理解を深めるに違いないなんて、ありがちな呪縛《じゅばく》だ。

結局のところ、練習に勝《まさ》るものなし。女にうつつを抜かす暇があったら譜面をさらえという結論に落ち着いたものの、燃え盛るような恋には出会えなかったからかもしれない。

恋とセックスはイコールではない。

『じゃあ海外？　パリ？　ニューヨーク？』

オーケストラにしろソリストにしろ、一流の音楽家は世界を周る。寄る港ごとに女がいる船乗りのような者もいるが、自分まで当て嵌《は》められては敵わない。

「違うって、まだ軽井沢だよ。しばらくこっちでのんびりしようと思って」

『あら、だったらうちに来る？』

「え？」

『私も休みに入ったから、久しぶりに軽井沢の別荘に行くのもいいかなって思ってたとこ。ホテルに滞在するくらいならどう？』

耳に響く女の声が、いつになく柔らかく甘くなったように感じられた。そういえば、ヴィオリストの恋人とは別れたばかりだとか。

なんの妨《さまた》げもない。昼も夜も、美人ピアニストとアンサンブル。嘘をついてまで赤の他人の家に居座り、可愛げのない家主の顔色を窺いながら過ごすより遥かにいい。

正しい道だと思いながらも、裏腹な返事が口を突いた。

「あー、遠慮しとこうかな。一応、今は仕事もあるし」

『仕事？』

「薪割り。だいぶいい音も鳴らせるようになってきたとこ」

『……なんだか知らないけど、お楽しみなのね。滞在先はホテルじゃなさそう』

波木は意味深に返した。なにか誤解を与えたようだと思うも、否定する間もなく告げられる。

『じゃあ、とりあえず頼まれた伝言。面会は今月中には再セッティングするそうよ。逃げたら契約違反ですって。プロモーションに協力するのも仕事の内ってね』

「え、今月って……」

『残念ね、楽しんでばかりもいられないみたい』

もう十一月だ。

吹野の家に居ついて一週間が過ぎた。

「そう楽しくもないんだけどな」

館原は、急こう配《きゅうばい》の坂道を立ち漕ぎになりながらぼやいた。

三角屋根とヤドリギ。目指す森の家への道程は毎度帰りが苦行《くぎょう》だ。行きは運動がてらのつもりでも、帰りは吹野に車を借りればよかったと悔やむ。

おまけに、今日はショッピングプラザのほうへ寄って服も買う予定だったのをすっかり忘れてしまった。

「はっ、マジでキツイっ……」

薪割りより自転車のほうが疲れる。普段は使わない足の筋肉がパンパンになる健康生活は、色気など皆無《かいむ》で波木にも西上にも勘ぐられるようなことはなにもない。

吹野はもうそんな生活を七年ほども送っているのだ。静寂に満たされた部屋で布にチクチクと針を刺し、気の遠くなるようなステッチで草花や生き物を描く。気分転換と言ったら、テラスで栽培中のハーブとバルコニーの花の世話くらいか。

そうした俗世を離れた生活を楽しむ人々も別荘族には少なくないだろうが、みなそれなりの年齢だ。

もどかしいような気分に駆られる一方、吹野にはしっくりくる気もした。あの淡々とした温度の低さは、つまらない欲などとは無縁だからこそか。

キイッと高いブレーキ音が森に響く。数羽の鳥がヤドリギの木の梢《こずえ》から飛び立ち、館原は辿り着いた家のガレージ脇に自転車を停めた。

整備して乗り心地もだいぶよくなったものの、オイルが足りていないようだ。また道具を借りて調整しようと思いつつ、家の裏へと回る。

裏口を使ってキッチンへ。頼まれた食材を置き、外へ戻ろうとして隣のダイニングに人の気配を感じた。

「吹野さん？」

なんの気なしに扉のない間口から覗くと、吹野は窓際にいて、前屈《まえかが》みにテーブルに両手をついていた。

「おいっ、大丈夫……」

妙な姿に具合でも悪いのかと声をかけ、なにか違うと察した。

声に気づかない吹野は、こちらに横顔を向けたままだ。視線はピンと張った真っ白なクロスに落とされており、いつもは閉じた唇が半開きに綻《ほころ》んでいる。

微《かす》かに響く息遣い。上下する薄い肩。苦しげなのとは違う。テーブルの角に宛《あて》がうように押しつけられた腰は、躊躇《ためら》い気味にゆっくりと前後していて、吹野が淫《みだ》らな行為に耽《ふけ》っていると知らしめる。

「……っ……」

深く前にのめった男の口から艶《なまめ》かしい吐息が零《こぼ》れ、館原はぞくりとなった。

茶色い髪が揺れる。ふるりと頭を振った男の顔が、一瞬こちらを向いた。

「あ……」

目が合った。

互いに判りやすく身を強張《こわば》らせ、また同じタイミングで動いた。吹野はバッと身を引き、館原はテーブルの角を回る男を追って近づく。

「ばっ、バゲットを買ってきたんだ。向こうに置いてる」

館原も混乱の中にいた。

——まじか。

男同士だ。普通なら『タイミングが悪かったな』くらいの気まずさで終了だが、相手は俗世を切って捨てたような吹野だ。

勝手な押しつけのイメージだったと言わざるを得ない。

着衣《ちゃくい》に幸い乱れはないものの、可哀想なほど動揺した吹野は、両手で何度もパンツのポケットをばさばさと探っている。

館原は「ああ」と、飾り棚に置かれたものを手渡した。

『今日は遅くなるんじゃなかったのか?』

「服買うつもりだったけど、店に寄り忘れたんだ」

まだ帰らないものと油断していたらしい。

それにしても場所くらい選んだらどうだと思いかけ、六脚《きゃく》ある椅子のうちの二つを跨《また》ぐようにして、無造作にクロスがかけられているのに気づいた。

「そっかクロス、新しいのに替えてたんだ?」

頷く吹野は少し落ち着きを取り戻したようだけれど、館原には質《たち》の悪い悪戯心《いたずらごころ》までもが芽生《めば》えた。

「今度は雪の結晶柄か……いいな、来月はもうクリスマスだし?」

街は気が早い。十一月に入ればもうクリスマスの飾りつけが始まる。

食卓の拘りか、相変わらず白地に白糸のスノークリスタル。花のように咲いた雪の結晶に触れてみる。

丁寧なステッチの膨らみを、感触を楽しむように指先でなぞり、そのまますするりと手のひらをテーブルの角へ走らせた。

吹野が卑猥《ひわい》に腰を当てていた場所だ。

丸みのある角を意味深にゆっくりと撫でると、白い顔にみるみるうちに赤みが走った。

「吹野さんっ!」

脇をすり抜け、一目散《いちもくさん》に戸口へ向かおうとする男を捕まえる。

「ごめん、ついっ……」

謝るくらいならよせばいいのに、素知らぬ振りができなかった。

あまりに衝撃すぎて。それと――

「吹野さんっ、ちょっとっ……」

本気で抗《あらが》う同性を引き留めるのは、多少の体格差では困難だ。手繰《たぐ》り寄せるようにして捕らえた身を、館原は長い腕で強く抱きすくめた。

体のあちこちでバシバシと音が鳴る。拳《こぶし》を打ちつけられて痛みが走る。

「悪かったってっ、吹野さんっ……ああ、くそっ、聞こえないのかよっ！」

いくら詫《わ》びを入れたところで、吹野が口元を見なければ意味がない。

じっとするまでひたすらに抱き、やがてフーフーとした息遣いだけが残った。

懐《なつ》かないケモノみたいだなんて、また怒られそうな感想を抱き、一方でやっと大人しくなった吹野を放すのが惜しくなった。

館原は、顔を覗き込むようにして言った。

「……なぁ、俺がしてやろうか？」

茶色い眸《ひとみ》が零れんばかりに見開いた。

なにを言い出したのかと、自分でも焦《あせ》った。

「テーブルなんかでするより気持ちいいし。ほら、なんたって俺はホストだからさ」

ホストがテクニックを披露《ひろう》するなら女相手だろうけれど、この際なんでもいい。自分でも衝動の正体を理解できないまま、吹野に承諾させようと必死になる。

「邪魔した詫びだと思えばいいだろ、な？」

テーブルの椅子がガタリと鳴った。逃げ場をなくした吹野の腰がぶつかり、館原は追い詰めながら、左手をその中心へと這わせる。

「……っ……」

「ほら、まだ全然治まってないし？」

ウールパンツの中のものは、硬く膨れているのがすぐに判った。

「クロスを替えてて当たったとか？　それで気持ちよくなっちゃった？　それとも……あそこは吹野さんのお気に入り？」

目線で角を示す。そんなぼんやりした刺激でどうやってイケるのかと思うも、机で自慰《じい》をする者もいると聞いたことがある。

吹野は左右に首を振った。

「恥ずかしがることないって。吹野さんもやっぱ普通の男だったんだなって、安心したって言うか……まぁびっくりしたけど」

首を振り続ける男が言葉で否定できないのをいいことに、勝手なことばかり。

自分は最低だ。

——最低でもいい。

「そりゃしたいよな、男なんだから。恋人はいなさそうだけど、セックスの相手もいないの?」

恋人がいなくとも、セックスの相手には不自由しない生活。自身の乱れきった倫理観まで明かしているようなものだ。

「……っ」

再び押し退《の》けられそうになり、館原は背後から細い身に腕を回した。

「……ダメ、逃げるなって」

男の体を後ろ抱きにする。

互いに顔が見えないのは不自由だけれど、テーブルだってペラペラと喋れなくとも吹野を気持ちよくさせている。

滑らかなグレーのウールパンツの下から、手のひらを押し返してくる感触。摩り上げたり軽く揉《も》んで刺激すれば、それだけで吹野の膝がガクガクと震え始めた。

どうやら人に触れられるのには慣れていないらしい。

「捕まってて、そう」

椅子の背もたれに両手をかけるよう促し、パンツの前を寛げる。ベルトはない。紺色のニットの裾《すそ》を捲ってボタンを探った。重力に任せて服はずり落ち、下着は剥《は》ぐまでもなく、少しウエストを引き下ろしただけでそれが飛び出してくる。

吹野の性器は勃起し、先のほうは潤《うる》みまで帯びていた。

「はっ、もう……すごいな……」

またぞくりとした衝動を覚える。

一瞬にして喉までカラカラに渇ききり、館原は干上がるほどの熱が身に湧いたのを感じた。

久しく覚えないでいた渇望《かつぼう》だ。

一方、吹野にもちゃんとつくものがついているのが、当たり前なのに意外だった。子供向けの人形やマネキンみたいに、陰部もツルンとしていて、肌はプラスチックの質感でひんやり。そんなイメージだった。

「なぁ吹野さん、俺が来なかったらどうした？　イクまでやるつもりだった？」

返事はない。聞こえていないと判っていても、問わずにおれない。

生々しい熱に触れる。

腕の中の男は震えていて、上向いた性器もふるふると揺れた。肩越しに覗く色は艶かしいピンクで、視線に気づいたかのようにヒクヒクと恥ずかしげに跳ね上がる。

小さくはない。細身ながら長さは充分で、短いよりは楽しめそうだ。そんな風に考えた自分を、館原は嘲《あざけ》るように小さく笑った。

男とセックスの経験はないけれど、触らせてやったことならある。ニューヨークでのコンサートの後に、フィルの男にホテルに押しかけられ、『一晩だけでも』と関係を迫られた。

オーボエだったか、ファゴットの男だったか。なんでも、腕のいいソリストに出会うとやりたくて堪《たま》らなくなる質《たち》らしい。今頃クビになっていても驚かない。

乞われてフェラまで許したけれど、それ以上はこっちは触るのも嫌だと拒《こば》んだ。

男なんて冗談じゃない。その手で自分のヴァイオリンに触れるようになるかと思うとぞっとする。

それがどうだ、吹野には驚くほど抵抗を覚えない。

ルックスのせいか、ギャップによる好奇心が勝ったか。

「……これで途中で止めようなんて、無理じゃない？」

重みを感じつつ、掬い上げるように下から手指で包めば、細い腰がビクビクと弾《はず》む。

吹野は声を上げない。歯でも食いしばっているのか。我慢大会じゃないのだ、喋れなくともよがり声くらい上げられるだろうにと、勝手な不満を抱く。

「吹野さんはさ、どの辺が一番よく鳴るんだろうな」

背後から覗く館原は、耳元へ唇を押し当てるようにして喋った。振動《しんどう》で少しくらいは伝わりやしないかなんて、僅かな期待。

始まりはスロウテンポ。ゆったりと擦り上げる。

運弓《ボウイング》と同じだ。上げて下げて、アップダウン。弓は使いどころで音も変わるし、正確な配分を計算しておかなければ、肝心《かんじん》のところで足りないなんてことにもなる。

館原は、深く考えずともそれが最初からできた。初めて触れる楽器でも、それなりに上手く鳴らせる。感覚で捉《とら》えるのに秀でた館原の前では、みな熟練の奏者にひれ伏すように良い音を立てた。

なのに、言うとおりに鳴らない楽器なんて初めてだ。

「……う…ぅ……」

吹野は鳴かない。時折頭を振りつつ、堪《こら》えるように漏らすだけの呻《うめ》きに、次第に苛立ちが募《つの》る。

焦りだったのかもしれない。

つい力が籠《こも》った。

「ひ…ぃ……」

唇から漏れた軋むみたいな音。ヴァイオリンの初心者が弦に弓を押し当てすぎ、ギギギと不快な音を立てるお決まりのパターンを連想させる。

あんな音、幼子のときにも自分は立てたことがない。

ちょっとした屈辱だった。

——こんな声が聞きたいんじゃない。

吹野はずっと震えていた。敏感だからかと思っていたけれど、それだけではなさそうだ。

館原の挙動、息遣い一つにもやけにビクついていて、純粋に怖がっているのだとようやく気づいた。

さっきからなにも伝わってない。吹野は無音の中、背後から言葉もないまま体を弄《いじ》くられ、なにをされるか判らない恐怖に怯えている。

「……めんどくさいのな」

ボヤいてみるも、大して面倒だとも思っていない自分に戸惑う。

触れる耳に柔らかなキスをした。酷いことをしないと誓うように、何度もやんわりと唇を押し当てる。同時にアップダウンを繰り返す手を和《やわ》らげた。スピードも力加減も。

元々、弓もけして握るものじゃない。弦と弓が適度に触れるのを疎外《そがい》しないよう、支えるだけだ。力の籠りやすい弓元では、特に意識して力を抜く必要がある。

敏感な部分では優しく。

軋みを生まないよう、滑らかに。

「……吹野さん、どう……だいぶ気持ちよくなってきたろ？　あんた、すごい感じやすいのな……見た目、ほとんど粘膜《ねんまく》だもんな、皮薄そう、ここと か……こっちも」

「……っ、は…っ……」

ハアハアと男の息遣いが響いた。

切なげな熱い吐息。痛みを感じていないのは、なにより手の中のものが証明してくる。

さっきよりよく滑る。指が先端を中心に滑らかに走り、しとどに濡れた感触を伝えた。

「ああ、先っぽがとろとろになってきた……カリ首、気持ちいいんだ？　あんまり張ってない

のにな」

聞こえていなくても、吹野は首を横に振り続ける。

頑固だ。気持ちいいくせに素直じゃない。

「……また出てきた。出てるとこ、弄ってやろうか？」

先走りを浮き上がらせている源《みなもと》を、館原は探った。小さな割れ目はひどく敏感だ。見当をつけ、くじるように指先をそっと立てると、悶《もだ》える男は激しく体をくねらせた。

「……っ、ぅっ……」

「強い？　少しは我慢しないと……吹野さんは射精したくて、ここを擦りつけてたんだろ？　角、好き？　硬いので苛《いじ》めるのが気持ちよくてたまんない？　やばいな……もうぐっしょり、床まで濡れそう」

「ふ…っ……ぅ……」

「いいよ、もっといっぱい感じて」

「……ぃ…っ……」

指の腹を震わせるように動かし、泣きじゃくるほどに濡れた綻びを刺激した。

館原は、ヴィブラートは指先だけでなく手首から返すほうだ。曲想にもよるが、そのほうが感情の高ぶりを表せる。

強く、弦に移せる。

「……腰、動いてきた。気持ちいいな、吹野さん……これ、気持ちいいだろ？　な？　返事しろって」

「……うっ……うぅ……」

「……ホント、強情」

聞こえていないことさえ、忘れかけていた。

煽《あお》る言葉に応えるかのように、吹野の屹立《きつりつ》はいっぱいに張り詰め、館原の大きな手の中で泣き濡れている。

揺れる腰は、拒むのではなく前へ後ろへと漕いでいた。

もう射精が近い。

イキたくて堪らないのだ。

滑りを広げながら、感じやすい先端を中心にたっぷりと弄ってやり、それから長い指を幹へも回した。大きなストロークで上下させ、きつく反《そ》り返った性器をてっぺんから根元まで快感で満たす。

「……っ」

椅子の背にしがみついた吹野の指は白い。

覗き見た顔は真っ赤で、綻んだ唇は今にも言葉が溢れそうに開いている。

もう考えているのはオーガズムの瞬間のことだけだ。

——判るよ。

クライマックスは気持ちがいい。独奏《カデンツァ》から終結部《コーダ》への疾走感のある曲の興奮はなにものにも代えがたい。

「……なんか言えよ。吹野さん。イッちゃいそうなんだろ？　なんかもう、言って……あんたの声、聞きたい」

今にも達しそうなのは自分のほうかと思うくらいに、切羽詰まった熱い息を館原は漏らした。

テーブルに転がったものが目につき、引き寄せる。

攻防にもがいた際に、吹野が落としたスマートフォンだ。促すように手前に置くと、気づいた男が手を伸ばした。

震える指が画面をなぞる。

『やめろ』

苦笑いしか出なかった。

「……可愛くないな。ホント、あんた全っ然、これっぽっちも可愛くない」

呆れて毒づきながらも、不思議なほどに気持ちは波立たなかった。

言葉とは裏腹な思い。

強情で、どうやらひどい意地っ張りで。可愛げのない男のこめかみから側頭部《そくとうぶ》へと、優しく押しつけた唇を這わせる。甘さより爽《さわ》やかな香りの漂う髪に唇から鼻先まで埋め、館原は切なげな息をつく。

ぎゅっと抱えるように、空《あ》いた左手で抱き竦《すく》めた。

確かめるように腕や手で、体温や匂いで、全身で吹野を感じる。自分の身も興奮しきっていることは、館原はとうに判っていた。

腰が熱い。堪《たま》らない。

「……っ……」

マズイと思った。

なにが拙《まず》いのかよく判らないまま、欲望のまま吹野に猛《たけ》りを激しく押しつけたいのを堪え、館原は吹野を追い上げた。

容赦《ようしゃ》なく張り詰めた昂《たかぶ》りを終結へと導き、パタパタとした白い雫《しずく》が板床を打った。


気まずさは、まさに自慰の後の白けた時間に似ていた。

きっかけがそれだけに、自然の流れなのか。

服を整える男を、館原は身の置き所ない気分で見つめる。

「はは……気持ちよかっただろう？　宿代代わりになりそうか？　指名料はまけとく……」

冗談めかして言うと、やりすごせるどころか吹野の手が胸ぐらに伸びてきた。

殴られるかと思った。ぐいと服を摑んで身を反転させられ、廊下のほうへ追いやられる。

「えっ、え……」

戸惑う間にも背中を押されて、廊下から階段へ、階段から二階の奥へ。途中で抵抗する気もなくなり、促されるままに辿り着いたのは自分の部屋だ。

部屋の中央で振り返ったところ、ドンと力任せに胸元を突かれ、館原は「わっ」と情けない声を上げて後方に倒れ込んだ。

スプリングの効いたベッドが身を受け止め、ホッとする間もなく吹野が片足を乗り上げてのしかかってくる。

覆い被《かぶ》さるように近づく整った顔に、館原は息を飲んだ。

「あー……俺はべつに男もイケるってわけじゃないんだけど……」

一応申告しつつも鼓動は高まる。体は完全にされるがままだ。諦めと否定しきれない期待に、もう好きにさせてしまおうとしたところ、間近に迫《せま》る作りものめいた顔が急に歪《ゆが》んだ。

吹野の眼差しに滲んだのは侮蔑《ぶべつ》の色だ。

眼前にスマホを突きつけられる。

『嘘つき』

言葉に呆然となった。

館原を放り出すようにバッと身を退《ひ》かせた吹野は、つかつかとした足取りでダークブラウンの板床を鳴らす。

奥のクローゼットに手をかけ、観音開きの扉を大きく開くと、中からバックパックを引っ張り出した。その場で躊躇《ためら》いなく開け始める男に、館原は驚くと同時に焦る。

「ちょっと、おい……なにやってっ……」

飛びついて止めようとするも一歩遅く、吹野は黒い艶《つや》やかなヴァイオリンケースを抱えて立ち上がった。

迷いのない動作は、明らかにそこにあると知っての暴挙だ。

「……人の荷物、勝手に探ってたのかよ？」

突っ立つ館原をじっと見つめ返す吹野は、否定も肯定《こうてい》もしない。

「それは……趣味だ。女ウケがいいからな、楽器は。売れないホストだって、少しは頭使って工夫してんだよ」

往生際《おうじょうぎわ》悪く出まかせが口を突いた。ここにいるのはただの借金まみれの売れないホストの館原であって、『館原新良』と知られるわけにはいかない。

それこそつまらない保身に頭を使ってしまい、次の瞬間、自分は試されているのだと判った。

吹野は、表情一つ変えないままケースを突き出した。

床の上に高く掲げる。

館原の顔色を変えるには、それだけで充分だった。

「やめろっ！」

咄嗟に叫んだ。

耳が聞こえずとも、伝わるに違いない激しい動揺。館原のヴァイオリンは、法人から貸与《たいよ》されているストラディバリウスだ。

「やめてくれ、頼むから」

瞬間、頭をよぎったのは金額ではなく、楽器そのものの価値だ。

この世から欠けてはならないものだ。現存するストラディバリウスの数は少なくはないが、それでもけして一挺《ちょう》たりとも失われてはならない。

数世紀もの間引き継がれ、これからも至高の曲の数々と共に受け継がれていく。

それは自分のものではない。

「それは俺のものじゃない。俺は……ホストじゃないんだ。ヴァイオリニストで楽器は借りてる」

卑怯な迷いは失せていた。

素性を明かしても、吹野の表情は変わらなかった。驚きも疑いもない。ヴァイオリンを取り出したときと同じ、むしろ落ち着きを取り戻したようにすら映る男に、館原のほうが疑念を抱いた。

「もしかして、全部知ってたのか？」

館原にケースを渡し、吹野はスマホを操作した。

『上の療養所に、有名なヴァイオリニストが来る話は訪問相談員の前島さんから聞いていた』

マネージャーの西上の口ぶりでは、あくまで個人的に療養所を訪ねる話だった。しかし、CDのプロモーションに繋げるつもりだったのなら内密でなくとも不思議はない。

療養所の関係者、さらには訪問相談員にまで筒抜《つつぬ》けになっていたらしい。

「けど、それで俺の顔まで？」

『どんなヴァイオリニストかと思って調べた』

あっさり宿泊を許された理由が判った。

名の知れた人間ゆえの安心感。けれど、不法侵入以上の犯罪を犯さなくとも、赤の他人に変わりはない。

実際、自分が信用ならない人間であることは今や明白だろう。

ホストだと偽《いつわ》り続け、あげく——

嘘つき。

詰《なじ》るように突きつけられた言葉の意味が判れば、弁解の余地もない。

「まぁ、軽蔑されるのも当然だな」

吹野へ顔を向けずに唇を動かし、独りごちる。『顔向けできない』とは文字通りこのことか。

画面に指を走らせる男に、今度こそ『帰れ』と告げられるのを予感した。そういえば最初の日、『出て行ってくれ』と吹野に言われたのも、ホストだと身分を偽った直後だ。

ケースを腕に抱いたまま、館原は窓辺のチェアに脱力したように腰を落とす。

すっと出された画面に瞠目《どうもく》した。

『宿代なら曲を弾いてくれ』

「は……」

『僕に曲は聴かせられないか？』

冗談ではないらしく、吹野は向けた画面と同じく、真っ直ぐに自分を見ている。

正直、なんの罰のつもりかと思った。

吹野に音は聞こえない。毎日この部屋で長時間続けている練習も、一音たりとも聞こえた様子はなく、どんな賑《にぎ》やかな音楽も、華麗な曲も悲壮な旋律《せんりつ》も吹野の耳には届かない。

館原は目の前の丸テーブルにケースを置いた。数秒見つめたのち、意を決したように開いた。

「……なにがいいんだ？」

傍らの男を仰いで問う。

『なんでも。君が弾きたい曲を』

最も苦手なリクエストかもしれない。果たして、今の自分に自《みず》ら弾きたい曲などあるのか。

こういった状況なら、有名どころの小品だろう。

「じゃあ……エルガーの『愛の挨拶《あいさつ》』を」

弓を準備し、調弦を施す。午前中に練習したばかりで大きなズレはない。着席したまま馴染んだ動作で音を合わせ、顎を宛がう館原は、そのまますると曲に入った。

歯ブラシを握るよりも馴染んだ楽器だ。居眠りをしていても弾ける平易な曲にもかかわらず、突っ立ったまま凝然《ぎょうぜん》と見つめる男を前に、どうにも落ち着かない。

聞こえない音楽。

吹野の眼差しはまるで、音を目で見ようとしているかのようだ。瞬《まばた》き一つしない男の真剣な顔に意識を奪われ、心を捉われ、信じられないことに弓の移弦《いげん》が遅れた。

音がよれた。ドミノ倒しのように左手のシフティングまでもが乱れる。

吹野は気づかない。気づくはずもない。どうせ一音も聞こえてやしないのだから、最初っから最後まで適当に弾いたって判りはしない。

無意味な時間だと悪態《あくたい》を覚えるくせに、館原は動きを止めた。

弓も、左の指も。

「悪い、ミスった」

自己申告に、吹野は驚いた顔になる。

黙っていれば判らないのは、音のない世界にいる吹野こそが誰より知っている。

「やり直しだ。座ってくれ」

館原は立ち上がった。演奏の妨《さまた》げになるナイロン地の上着も脱ぎ、代わって吹野を椅子に座らせる。

もう一度。一人きりの観客を前に、どういうわけか大ホールのステージに立つよりも気持ちが張り詰め、軽い深呼吸をした。

すっと吸い込んだ息を返す。

「……パガニーニ、『二十四のカプリース』二十四番」

ニコロ・パガニーニ。クラシックファン、とりわけヴァイオリンに興味のある者なら誰もが知る、超絶技巧の代名詞のような奏者にして作曲家だ。

「どうせなら、見ていて面白いほうがいいだろう?」

館原は挑発的な笑みを添え、気持ちも新たに楽器を構えて奏で始めた。

まずは主題《テーマ》を提示する導入部。開放弦の通る音を中心にリズムよく入り、畳みかけるように変奏《へんそう》へと移行していく。

奇想曲、フランス語では『気まぐれ』を意味するカプリースは、当時存在しなかった新たな奏法を生んだ男の渾身《こんしん》の作曲だけあり、形式を打ち破るような変奏が次々と湧き起こる。

言うなれば技巧のジェットコースターのような曲だ。無伴奏《むばんそう》の独奏曲で、その集大成とも言える二十四番はソロリサイタルのアンコールに加えることもある。

主旋律《しゅせんりつ》、対旋律《たいせんりつ》。オブリガードがメロディパートを際立てる。独奏であることすら観客の意識から引っぺがそうとするかのように、繰り出す超人的な技巧。まるで『さぁ俺様のスゴ技を聴け！』とでも言うような曲ながら、嫌いじゃない。

観客は大いに盛り上がり、女性客の心拍数も上がる。

音楽は美しい。音楽は難しい。

甘美《かんび》であるほどに難問だ。

それゆえに、神の寵愛《ちょうあい》を手に入れたかのような演奏は、あまりにも魅惑的に映る。もっとも、パガニーニはその演奏が卓越しすぎたがために、神ではなく悪魔に魂を切り売りしたと疑われたらしいが。

館原はふと思い出した。

遠い記憶。この曲の技法を一つ一つ身につけたときの苦労と、勝る悦《よろこ》び。

そんなこと、とうに忘れていたのに。

重音に次ぐ重音。一音も休むことなくオクターブで歌い上げ、続けざまに展開する左手のピチカート。

吹野の眸《ひとみ》が、濡れたように揺れて輝くのを感じた。

館原は長身を軽く手前に傾《かし》げ、ヴァイオリンの奏法としては目立って異質な指の動きをその両目に映し出す。

ピチカートは弦を指で弾《はじ》いて鳴らすが、左手のピチカートはそれを音程を操《あやつ》る左の指のみで行う。左手で弦を押さえ、同時に弾いて主旋律を響かせながら、右手は弓を引いて伴奏する。

躍る雨粒のようなパラパラとした音は、まるで暗がりに散らす小さな花火の輝きだ。どれほど華麗な技巧であっても、生まれた傍《そば》から音は儚《はかな》く消えゆく。

音には形がない。熱も香りも、詩もなければ言葉もない。

なのに確かで、そこにある。心を深く揺さぶり動かす。

そのはずだった。

吹野の目には、一体どんな音が映し出されているというのか。

館原は軽く息を飲んだ。無意識に呼吸を浅くし、訪れた高音のフレーズを弾き始める。

ハーモニクス。この曲を選んだ理由の一つだ。

昔は高音が聞こえたこともあると、吹野は言っていた。主題の旋律を二オクターブも上げ、笛《ふえ》のような澄んだ高い音を立てるハーモニクスならば、もしかしたらという期待があった。

譜面どおりの重音に戻るまでの演奏は、長くも短くも感じられた。

吹野の表情は一つも変わらないまま。観客へ向けて解き放つはずの音が、まるで行き場なく自分へ向けて逆流してきたかのようで、息が苦しくなる。

音楽のない世界。

吹野は、本当にここことは違う世界の住人なのか。そこから一歩たりとも出てくることも、悦びを共有し合うこともできないのか。

演奏が終わるのを目で確かめ、少し遅れながらも手を叩いて、拍手をくれる男を館原は見つ

めた。

もどかしかった。

ただ一人の観客を純粋に喜ばせられないことが、音の世界で生きる館原には、あまりにも苦しくてならなかった。


弓を動かす手を止め天井を仰ぐと、吸い込まれるような錯覚を覚えた。

高い天井の中央では、ゆったりとした動きで杢目《もくめ》の羽のシーリングファンが回っている。まるで明かり取りの窓の光を細かに散らし、空間を輝かせているかのようだ。

「この部屋、音の響きがいいよな」

穏やかな光に満ちたリビングで、ヴァイオリンを手に立つ館原《たちはら》はポツリと漏らした。

独り言だ。傍のソファで吹野《ふきの》は刺繍《ししゅう》をしているけれど、話しかけたわけではない。

この家で暮らし始め、もう半月以上が過ぎた。館原が午後も二階の部屋に籠らず、リビングで練習を行うようになってからだいぶ経《た》つ。吹野が曲を聴きたいと言うので、応えるにもちょうどいい。

今日弾いたのはサン＝サーンスの『ハバネラ』だった。つい高音部の多い曲ばかり選んでしまう。主旋律がハーモニクスで、全体的に技巧的な楽節《パッセージ》も多く、目で聴くにも向いた曲だ。

密《ひそ》かな葛藤《かっとう》と試行錯誤に、吹野が気づいた様子はない。

館原はヴァイオリンをケースにしまうと、隣へ腰を下ろした。広いソファで軽く密着するように座るのは、寒いからでも吹野にくっついていたいからでもない。

気温は日に日に下がるも、部屋は暖炉の熱で暖かい。真っ赤に燃える薪のパチパチとした音の鳴る部屋で、館原は腕を軽く揺すって隣の男の気を引いた。

「それはなんていう縫《ぬ》い方なんだ？」

近くに座るのは、会話に気づいてもらいやすいからだ。

吹野は、道具ケースの籠《かご》の側《そば》に置いたスマートフォンを手に取った。

『サテンステッチ。面を埋めるのによく使う』

「へぇ、いろんな縫い方があるんだな」

単調に見える刺繍も、近くで見ると様々なステッチがあった。そもそも、吹野は図案を自ら考えており、単純に手本どおりに縫っているわけではないらしい。

テーブルクロス、ベッドカバー、洗面室の小窓のカフェカーテン。この家の布には刺繍の施《ほどこ》されているものが多い。

白地に白糸のクロスは、「随分控えめで大人しいな」と感想を告げたら、『漂白がしやすい』とまさかの合理的な理由を返され、吹野らしいと笑ってしまった。

「そっちの玉みたいのは……ああ、悪い。俺が話しかけると進まないか」

スマホの会話は、いちいち手を止める必要がある。

手話なら違うんだろうかと、ふと思った。

『構わない。もう終わるし、ちょっと疲れてきたところだ』

「昨日の晩もずっとやってたんじゃないのか？　随分遅くまで起きてたろ」

『リクエストの注文が、あんまり時間なくて』

「リクエストって、オーダーメイド？　急ぎの注文まで受けてるのか」

『今回は特別』

特別と言っても、暇潰しの趣味の範疇《はんちゅう》ではないだろう。

退屈凌《しの》ぎの趣味かのように語っていたけれど、真剣なのだと思った。吹野は照れくさいのか、わざと素っ気なく振る舞うようなところがある。

だいぶ判ってきた。

『吹野響《ひびき》』という人間のこと。

「茶でも淹《い》れてきてやるよ。俺も喉渇いたし……コーヒー、紅茶、どっち？」

館原は選択肢に合わせ、右手、左手と順に掲げた。筆談に頼らない会話のコツを、ちょっとは摑んだつもりだ。

「吹野さん？　あー、緑茶か？」

吹野は、ただじっと顔を見つめ返していた。

問い直すと、左右に首を振る。紅茶の左手を指し、それから口元をふわりと綻ばせた。

いつも一文字に閉じている唇に浮んだ嬉しげな微笑み。

単純にもドキリとさせられる。頷きながら立ち上がった館原は、背を向けた途端に口にせずにはおれなかった。

「……不意打ちすぎだろ」

ヘタに突っ込むと二度と笑わなくなりかねないので、正面切っては言わないのが賢明だ。なんとなくしてやられた気分でキッチンに向かい、ティーポットで紅茶を作った。午後に好んで飲むフレーバーもだいたい把握している。二人分用意して戻ると、律儀《りちぎ》な男は受け取る前に『ありがとう』と画面を見せた。

幸福そうにティーカップを口元に運び、その横顔を館原は盗み見る。目が合いそうになって狼狽え、ローテーブルに置いた自分のカップではなく、吹野が刺繍を施していた白い布を手に取った。

紅茶を淹れている間に完成したようだ。

しかし、使い道の判らない布だった。

「……なにこれ？」

柔らかな透け感のある白い生地に、白い糸。配色はテーブルクロスと同じながら、八センチほどの幅の長い布だ。太めのリボンのようでもあるけれど、とにかく長い。

『サッシュベルト。ウェディングドレスに使う』

「へぇ、結婚式の注文……床まで届きそうだな」

『結べばそうでもないよ』

リボンと思ったのも遠からずだ。新婦の好きな花なのか、吹野の得意な図案でもある小花のスズランが描かれている。

「これは？」

よく見ると、目立たない位置に一つだけ、違う草花が紛《まぎ》れ込んでいた。

白い四葉のクローバーだ。

吹野がまた少し笑って画面を見せた。

『幸運をね』


日も暮れてから、珍しく二人で家を出た。

立て続けにヴァイオリンの弦《げん》が切れてしまい、予備が心許《こころもと》なくなってきたとボヤいたら、吹野が売ってそうな店があると教えてくれたのだ。

明日でもよかったけれど、この季節はライトアップが綺麗だと言うので、たまには夜の散歩もいいかと出かけた。

「軽井沢って言ったら昔は夏だったんだよな」

今も避暑地ながら、秋冬も観光客の集まる街に様変わりしている。駐車場で車を降りると、ハルニレの木立に囲まれたショップの集まるスポットは人の姿も多かった。

秋から冬にかけての軽井沢の夜は、たしかに美しい。森の木々が遠慮したように葉を落とし、空は広くなったようにも感じられる。

これから本格的に始まるクリスマスシーズン。ちょうどイルミネーションイベントも始まったばかりだ。

「へぇ、ヤドリギ」

都会のイルミネーションと違うのは、華やぎの中にも温かみと自然を感じさせるところか。足を止めたウッドデッキの広場には、落葉した木々にヤドリギを模した丸い光の束が輝いていた。

なんとも幻想的で、確かに美しい。

「吹野さんは、いつも見に来てるのか？」

『高原教会のクリスマスのキャンドルナイトは、毎年楽しみにしてる。来月からだけど、ライトアップはしてるはず。すぐそこ、帰り寄る？』

早く返事をしなければと焦るのか、最後のほうは片言みたいな文だ。

マイペースでいいのにと、吹野のスマートフォンの眩《まぶ》しい画面に視線を落としつつ思う。

「そうだな、せっかくだし寄るか。なんか意外だな、吹野さん、イベントっぽいの興味なさそうなのに」

『イルミネーションは好きだよ。君は？　見る？』

長身の館原は、触れられそうな位置にある光の束につい手を伸ばしながら応えた。

「うーん、東京ではあんまり。わざわざ見に行くって感じじゃないな。年末日本にいるときはだいたいクリスマスとかニューイヤーのコンサートで余裕ないし……海外のほうがゆっくり見た記憶あるかも」

『どこで？』

「ウィーンとか、定番のミュンヘンのクリスマスマーケットもいいし……あと、北欧のクリスマスも」

こんな話、吹野は面白いのかと思ったけれど、口元を見つめる眼差しは真剣だ。

読みやすいよう、吹野のほうを真っ直ぐ向いて喋《しゃべ》った。

「向こうは冬至祭《とうじさい》のユールってのが始まりだから、微妙に雰囲気が違ったりする。子供はサンタじゃなくて妖精の格好してたし。なんて言ったかな、森の妖精で名前もあって……」

『トムテ？』

「んー……あっ、トントゥだ。俺がいたのはフィンランドだから。北欧でも国によって呼び方違うんだよな」

『君は仕事以外で行くこともあるの？』

「そのときは、シベリウスの生まれた国で過ごしてみたかったんだ。あ……シベリウス、判るか？」

吹野は頷き、意外な気がした。有名作曲家ながら、ベートーベンやモーツアルト、バッハに比べれば知名度は下がる。

それに、吹野は――

無言で見つめてしまい、白い顔は小首を傾げるような仕草をする。館原は泳ぎ出しそうになる視線を引き戻した。

「……店、見てこないと」

専門ではないが、カフェの奥に楽器を扱っている店があると聞いた。

広場を囲む店の一つを指差しで教えてもらい、館原は行くことにした。

「吹野さんは？　ここで待ってるか？」

迷わず頷く。

イルミネーションが本当に好きらしい。広場を巡るように歩き出した吹野のコートの後ろ姿を確認してから、館原はカフェに入った。

コーヒー店が、本や弦楽器も扱っている。

この辺りではちょっとしたクラシックイベントもやるようなので、あると便利かもしれないが、売り物として置いてあるというよりも、店の雰囲気づくりのディスプレイのようだった。弦も一種ずつしかなく、館原は切れやすいE線は別のメーカーのものを使っている。

——まぁ、なくなるよりマシか。

手に取り、眺めていると視線を感じた。

なんの気なしに振り返り、ぎょっとなった。三十代くらいの女性の二人連れが、間近で自分を仰ぎ見ていた。

「あのっ、館原新良《しんら》さんですよね？」

「えっ」となる。今日もスポーツブランドのブルゾンで、モノトーンながらナイロン地の上下セットアップと、ヴァイオリニストにはまるで見えない格好だ。

完全に油断しきっており、戸惑う間にキャアと上がった歓声に、カフェのほかの客たちの視線までもが何事かと集まる。

「やっぱり！　私、大ファンなんですっ！」

「こんなところで会えるなんてっ！　えーっ、どうしよっ！」

標高一千メートルだろうと、楽器を扱う店になど近づくべきではなかった。

「あー……どうも」

館原はファンに対しての愛想は悪いほうではないけれど、突然のことに顔が引きつりそうになる。『誰？』『有名人？』という表情でこちらを窺い始めた客のうち、いくらかに気づかれたのも空気で判った。

「握手、お願いできますか？」

「あ……はい」

「できれば左手でっ」

女性は、飛びつくように館原の左手を両手で握った。

「私は右手でっ。今年もコンサート行きました。私、館原さんの影響でまたヴァイオリンを始めたんです」

もう一人は経験者らしい。演奏は両手共に重要ながら、一生涯勉強が続くとも言われるのが右のボウイングだ。

軽く握手を交わすと、「夢みたい」と今にも卒倒《そっとう》しそうな表情になる。

こんなところで倒れられても困る。ほかの気づいた客までもが近づいてきた。

「じゃあ」とスマートに去れたらどんなに良かったか知れないけれど、追われても困るので、求められるまま幾人かに手切れのようにサインをして店を出た。

気づけば、弦も買い忘れたまま時間が過ぎていた。

館原は慌てて広場を見回す。血相《けっそう》を変えて吹野の姿を探し、ほどなくして見つけたものの、足を止めて一呼吸ついた。

背後に誰もついてきていないのを確認する。

べつに恋人でもなんでもない。ヤドリギのように寄生して居ついた家の主人でしかない男だけれど、吹野を他人にじろじろと見られるのはどうしても嫌だった。

吹野は、広場の木製のベンチに一人で座っていた。風もない夜ながら、じっとしていると寒いのか、いつもは姿勢のいい男の紺色のピーコートの背は少し丸まっている。

声をかけようとしたところ、騒がしい男女のグループが間を過《よ》ぎった。身振り手振りの大きな男が振り回した鞄が吹野の背を掠《かす》め、「あっ」となる。

「わ、すみませんっ」

吹野の反応はなく、当たらなかったらしいけれど若い男は詫びた。雰囲気に反し、どうやら真面目な若者だ。

けれど、吹野が声にも振り返らないとなると、吐き捨てるように零した。

「けっ、なんだよ、謝ってんのに無視かよっ」

慌ててレザーブルゾンの裾《すそ》を引っ張る女の子に「行こ」と促され、そのまま去っていく。後には元の広場の光景だけが、何事もなかったかのように残った。

吹野は動かない。

誰が悪いわけでもない。

吹野も、彼も。誰も悪くはないのに、溢れた小さな痛み。川の流れに垂《た》れ落ちた赤い一滴のように、知られることのないまま流れ去る。

今は、館原だけがそれを見ていた。

今更、理解した。

吹野の毎日は、ずっとこうなのだと。

広場の人のざわめきも、店から漏れ聞こえる気の早い『アヴェ・マリア』も届かない。どこにいても、あの広い静かな別荘にいるのと変わらず一人だ。

何故、吹野がイルミネーションを好むのかも判った。

光こそが、純粋に楽しめるものだからだ。

光ならば食卓の彩りに拘った食事や、インターフォンベル代わりのランプのように、その目で確かめられる。

オレンジ色の柔らかな輝き。ヤドリギのイルミネーションは、男の傍らの木にも、視線の先にも無数にある。

丸い光。デッキの床に並んだランタンのような明かり。

冷たい空気の中で見る光は、嫌になるほど美しく見える。

人が熱に焦がれているせいか。

吹野の後ろ姿ごと写真に映し込むように足を止め、見つめていた館原は、堪らなくなって足早に近づいた。

コートの腕を摑むと、驚いた男が腰を浮かせながら仰ぎ見る。

「ごめん、待たせた」

唇を動かし声をかければ、首を振る吹野は手にし続けていたスマホで「買えた?」と入力した。

館原は答えずに、解《ほど》けた腕をもう一度ぎゅっと掴んだ。

不思議そうな顔をする男を見つめ、ただ告げた。

「帰ろう」

帰り道、吹野はなにか問いたげな目をしていた。うやむやで見に寄らなかった教会のライトアップも、気にしていたのかもしれない。

車を運転する間、吹野はスマホには触れられず、館原も無言で助手席に乗っていた。距離は僅《わず》かだ。街灯も少ない夜道、スピードを落として走る車もやがては辿り着く。

本物のヤドリギは夜空に輝くこともなく、暗がりにただ馴染んで沈んで、影となって迎えた。吹野が明かりを灯《とも》せば、大きな家の玄関ホールはパアッとした暖色の光に満たされる。

眩《まばゆ》いほどの光。けれど、館原の胸に棲《す》みついた思いは影のように掃《は》いて消されることもなく、スマホを取り出そうとする男を強く抱きしめた。

正面から急に抱きすくめられ、吹野は驚いた顔だ。『なにかあったのか?』とその目が問う。

「……べつになにも」

館原は答えた。

なにもなかった態度ではない。

けれど実際、変わるほどのなにかがあったわけでもなかった。

変わりない日々。吹野は、自分の知らないところで二十九年の歳月を生きてきた。ここに辿り着き、音のない森に暮らし、音のない街を歩いて。自分がコンサートホールで演奏をしているあのときも、光と音の輝きに満ちたあの瞬間さえも、吹野はずっとただ一人でここにいたのだ。

憐《あわれ》みとは違う。吹野自身が望んだ暮らしだ。

ただ、それを堪《たま》らないと感じる。交わらないことが、同じになれないことが、繋がっているのに互いの色にはけして染まれない遠い海のように。

抱く腕に力が籠った。

どんなに身を寄せ合っても、自分以外の誰かと一つにはならない。アウター越しですら、互いの温度差を感じる。体温が移り合えばいいのにと抱きしめ、重ねた体をもどかしさのあまり揺すると、吹野に背中を打たれた。

『こういうのはもういらない。宿代はばいおりんでいい』

動揺がスマホのメモに表れていた。

気づけば、腰まで合わさるように密着している。

「そんなつもりじゃない」と返すはずが、吹野の揺れる眸《ひとみ》を見ると言葉に詰まった。もどかしさの正体の一部が、判った気さえした。

吹野が続きを入力しようとしたスマホを、館原は摑んだ。

「したら、ダメなのか？」

これは違う。宿代なんかではなく、与えたいのでもなく。

欲しがっているのは自分のほうだ。

「……したい」

淡い色の眸がまた揺れる。戸惑いを表情に滲《にじ》ませつつも、吹野は即答で拒《こば》もうとはせず、館原はそれを返事に変えた。

リビングへは向かわず、階段を上った。自室が近づくに連れ、導く手に力が籠る。振り解《ほど》かれたら嫌だなんて、必死になる自分は初めてで、滑稽《こっけい》だけれど嫌いでもない。

明かりを点《つ》けて、暖房を入れて、手順を追いつつも部屋が暖まるのを待ってなんていられなかった。コートのままの吹野をベッドへ横たわらせる。

カバーだけは布団ごと剝《は》いだ。

「汚したくないだろ？」

ミモザの刺繡《ししゅう》のベッドカバー。他意はなくとも、『汚れるようなことをする』と宣言したみたいなものだ。

今にも逃げ出しそうな男は、命綱のようにスマホを握り締めている。車で帰ったとは思えないほどその手は冷たく、待たせたせいだと思った。吹野はベンチでもずっと、スマートフォンを握り締めたままだった。

館原は冷えた指の背に口づけた。吹野からすれば熱く感じられるであろう唇を押しつけると、びくりと跳ね上がるほどに身を震わせる。

「ひどいことはしない。俺は怖いか？」

吹野は首を左右に振った。

怖かったら、家に住ませるはずはない。あんなことをされてなお、ヴァイオリンの演奏くらいで家に置き続けるはずがなかった。

けれど、その先はといえば、館原はいつになく弱気になる。

「……俺のこと、嫌ってるか？」

唇の動きを一つ一つ。確認するようにじっと見つめる吹野は、少し間を置きつつも首を横に振った。

「そう……ならよかった」

それ以上、問う言葉も定まらないまま、館原は吹野のピーコートのボタンを外して手を忍び込ませた。

覚束《おぼつか》ない言葉とは裏腹に手際はいい。ベッドに押し倒した相手を、その気にさせる術《すべ》なら、いくらも知っているつもりだった。

ニットの薄い胸に手のひらを這わせる。ゆるゆると肝心なところを躱《かわ》すように撫でさすれば、避けて焦《じ》らされたそこは、探す必要もないほどじわりと膨《ふく》れてくる。

男は違うかと思いきや、指先に引っかかりを感じた。

服の上からでも判る。小さいながらも、健気《けなげ》に硬く尖った胸の粒。

「……っ……」

吹野の吐息が震えた。気をよくして右も左も。たくし上げるようにニットの下へ手を差し入れ、今度は焦らさず直《じか》に触れてやる。

感度も上々のようだ。何度も色を少しずつ刷《は》いて重ねたみたいに、赤く染まっていく頬や耳《じ》朶《だ》が教えてくれる。

脱力した手から滑《すべ》り落ちたスマホに気がつき、遠ざけるように枕元に置いた。

「……乳首、気持ちいい？」

握るものを失くした吹野の手が、館原の二の腕を叩く。ちっとも痛くない。頭を左右に振っているのは、否定のつもりだろうけれど、ヒクヒクと体を揺らしながらでは効果もない。

弦《はじ》を弾くときのように、指先で跳ね上げる。

「ふ…っ……」

幾度も繰り返し、その度に腰が弾《はず》んだ。すっと空いた左手の甲を下腹部へ走らせると、布地が張るほど中心が膨れてきているのが判った。

吹野は外出着も上品だ。上質と判るウールの感触を確かめるように、上へ下へと淡く撫で摩《さす》りながらその下の劣情を感じ取る。

「……もう、だいぶ温まってきた」

部屋の空気か、体のことか。揶揄《からか》っているのか、そうでないのかも自分でもよく判らなくなってくる。

「……吹野さん」

声をかけても気づかない。

いつしか吹野はぎゅっと目を閉じていて、『目を開けて』と促《うなが》すように薄い目蓋《まぶた》へ唇を落とせば、潤《うる》んだ茶色い眸がゆるゆると覗く。

知りたい。

もっと、吹野のすべて。誰も知らないようなことも全部。

「ね……吹野さんってさ、セックスはしたことないの？　オナニーだけ？」

また叩かれそうになり、その手を取った。

緩《ゆる》く拳《こぶし》を作った右手を引き寄せ、白く清潔そうな指に唇を当てる。淫《みだ》らな秘密なら、こないだ半分もう暴《あば》いたも同然だ。

「ちゃんと答えて。一人でするだけ？」

指の背に唇で食《は》むようなキスを施《ほどこ》すと、教える義理なんてないのに、吹野は泣きそうな顔をして微《かす》かにコクリと頷いた。

いつもは冷ややかな年上の男が、あっさり落ちてくることに、目眩《めまい》がするほどの興奮を覚える。背《そむ》けようとする顔を包んだ手で引き戻し、中心に言わせたままの左手に力を込めながら、教え聞かせるように告げた。

「ここが……溶けそうなくらい、気持ちよくしてやるよ」

唇の動きを、言葉を吹野はちゃんと理解していた。

じわっと眸が濡れてくる。

澄ました顔をしていても、快楽にひどく弱いのだと教えてくる。

上半身も下半身も、暖炉の熱で芯《しん》まで温めるみたいな愛撫で触れた。アウターもボトムも、脱がせて広いベッドの端へ追いやって、羞恥《しゅうち》に色づく裸身《らしん》にダイブするように顔を埋《うず》める。

もう自慰なんかでは満足できなくなるほど、気持ちよくしてやりたいと本気で思った。

毎晩、自分を求めてくるくらいに。眸を潤ませ、部屋の扉をノックして、慰めて欲しいとねだる吹野を想像するだけでクラクラする。

――こんな風に。

その表情を上目遣いに窺いながら、館原は背を丸めた。

開かせた足の間に身を屈《かが》ませ、顔を埋める。

あまりにも躊躇《ためら》いなく、吹野の性器に唇で触れていた。

「……っ……」

先端に軽いキス。途端にずり上がって逃げようとする腰を引き戻す。

男の性器であるという意識が、すっぽり頭から抜け落ちたとしか思えなかった。そのくせ、同じ男であるから弱いところも扱い方も心得ているという矛盾。

まるで恋人同士のセックスだ。

両手で優しく包み、濡れそぼった丸く滑《なめ》らかな亀頭にうっとりと口づける。シーツを蹴《け》るようにもぞつく白い足は、両腕で押さえ込んだ。

啄《ついば》んで、舌を這わせて。

「……う……うっ……」

微かに漏れる呻《うめ》きに耳を澄ませる。

ろくに快楽を知らない男は、こんな温《ぬる》い愛撫でもひどく感じてならないらしい。今まで、ほんの先っぽすら擦《こす》ってもらった経験がないのだから当然だ。

舌でも、女のあそこでも。

堪らない。吹野のすべてが自分が初めてであることに、館原は異常なほどに昂《たかぶ》った。

溢れる先走りを丁寧に舐《な》め取ってやると、ヒクヒクと切なげに震える小さな穴。すぐにまた新たな雫《しずく》を奥から浮き上がらせて切りがない。

拭《ぬぐ》っては溢れ、零れては舐めて。先端を軽く唇で包んで、じゅっと吸い出すように啜《すす》った。

瞬間、吹野の腰が大きく震えた。

「……ぁあ…っ……」

堪えきれずに漏らされた声に、館原までもがびくりとなる。

驚いた。同時に、燻《くすぶ》り続けていたマグマでも腹で沸き立ったかのような激しい熱を覚えた。

——ヤバイ、こっちがどうにかなる。

吹野の声。

思ったほどに高くはない。もっと確かめたいと求めるままに、泣き濡れた屹立《きつりつ》を咥《くわ》えてやる。

「あ…ぅん………」

鳴らし続けることだけを考えていた。吹野は無意識か抵抗してか黒髪を引っ張り、引き剝がそうと両手で揺さぶるも、長くは持たずに指から力は抜けた。

深く頭を上下させる。反《そ》りもきつく張った昂ぶりを、喉奥へと迎え入れては抜き出す。

口腔《こうこう》いっぱいに頬張ってやり、熱い粘膜で快感を迸《ほとばし》らせた。

「……あっ……あっ……」

吹野の腰が揺れる。振り子みたいな腰づかいで、いくらもしないうちからもうイキそうになっていると判る。本当に感じやすい。

なにか堪《こら》えるように爪先を丸めた両足を、膝裏から抱えて左右に開かせると、吹野は嫌がった。

強い羞恥を覚えるのか。抱かれる女みたいな格好だ。吹野が恥ずかしがるほどに、館原の妄想は暴れ出し、やばいくらいに情欲を掻《か》き立てられる。

ごくりと喉を鳴らし、喉奥でも過敏になったものをきゅっと締めつける。

「ん…っ、んん…っ……」

隅々まで暴かせたまま追い上げた。上擦《うわず》って乱れる声。ビクビクと中心から跳ね上がる腰。吹野は、とぷりとした勢いで館原の熱い口の中へと射精した。

放たれたものを嚥下《えんげ》しながら身を起こした。

熱が籠って煩《わずら》わしいばかりのジップアップのブルゾンを脱ぎ捨てる。

「……あっ……あ……」

吹野はまだ胸を喘《あえ》がせている。

薄く目を閉じ、荒い息をつく男の顔はもう真っ赤だ。舌が覗くほど綻《ほころ》んだ唇は赤く、色づきやすい全身の肌は、皮膚の薄そうなところを中心に淡いピンク色に染まっている。

「……吹野さん」

放心する体を手放せるはずもなかった。

譜面に反復記号でも現れたときのように、最初からもう一度。弛緩《しかん》しようとする男の体に触れた。顔を埋めて、達したばかりの性器に唇を這わせ、慈《いつく》しむようなキスで警戒を解《ほど》きつつ、吹野の体が抗《あらが》えないよう籠絡《ろうらく》していく。

——もう一度。

館原は肩で息を繰り返した。

足りない。欲しい。酷《ひど》い飢《う》えを感じていた。

どうすれば満たされるのか。本能が知っていた。男同士でもセックスはできないわけじゃない。硬く凝《こご》った双球《そうきゅう》の下まで夢中になって唇を這わせれば、露《あら》わにされて恥ずかしげに震える入口の存在に気づいた。

舌でぞろりとなぞり上げると、思いのほか柔らかな窄《すぼ》まりは息づくようにヒクつき、具合もよく感じられた。

つぷりと舌先を押し込み、性器に変える。

「……い……あっ……」

吹野には気持ち悪いだけの場所なのかと思いきや、唇や舌でじっくりと溶かせば、前と変わらないほどの反応を見せ始めた。

「……んん…っ、ん…っ……」

吹野もアナルで感じるのだと思ったら、頭は欲望にはち切れんばかりに支配された。

ほかの方法など考えられない。

長い指まで埋めて、そこを慣らした。中にも男のいい場所があるのは、なんとなく知っていた。良い音の鳴るポイントを捉《とら》えるのは、館原は神懸《かみが》かり的に得意だ。

一ミリでも狂えば音程の変わる楽器に比べれば、造作《ぞうさ》もない。

「……ぁっ……あっ……」

小さくしゃくり上げる男の顔を覗き込む。

抗いたくとも、覚えたての快楽に逆らえないのだ。

「吹野さん……」

「ふ…ぅっ……あっ……」

「そんなにいい？　お尻、いい？」

「……ひ…っ、ぁ……」

「ああ……やっぱり、ここだね」

中が気持ちよくて堪らないらしい。頰の火照《ほて》りは引く気配もなく、ひっきりなしの熱い吐息が零《こぼ》れる。吹野の眦《まなじり》は涙にびっしょりと濡れていた。

快楽の涙。埋めた指を悪戯《いたずら》にそこで震わせれば、軽く目を閉じたまま消え入りそうな声で鳴く。手強《てごわ》い楽器でさえ艶《つや》やかな音を響かせるヴィブラート。

館原の耳を楽しませた。

「……可愛いな」

聞こえず、見えてもいないのをいいことに呟く。

「すごく可愛いよ……吹野さん」

館原も目を伏せ、軽く唇を触れ合わせる。くすぐったく掠《かす》めるようなキス。吹野に嫌がる素振りはなく、舌先で上唇を掬《すく》い上げてやんわりと吸いついた。

せっかくの声を疎外《そがい》したくない。

唇のあわいから漏れる、微かな男の声を聞き取る。

上唇を啄み、下唇にも移して、ちゅっと音を立てた。吹野の目蓋がゆっくりと重たそうに開き、夢見心地の潤みきった二つの眸が現れる。

「吹野さん……なぁもうしようか？　セックス、しよう……ここに俺の、入れてもいい？　いいよな、もう……」

虚《うつ》ろな眼差し。とても理解できているとは思えない男に、言い訳のように告げる。

館原が残った服を脱ぎ捨てる間も、吹野はぼんやりしていた。夢から覚めるのを、館原はなにより恐れた。

笑えるほど張り詰めたものを、先端に浮いた滑《ぬめ》りを広げるよう狭間《はざま》へなすりつける。角度が少し変わるだけで、痛みにも似た疼《うず》きが走るほどガチガチだ。

肉づきの薄い尻を上向かせた。制御不能なほどさかりのついた自身を、性器に変えたばかりの場所へ穿《うが》たせる。

開かせた瞬間、吹野はなにが起こったか判らないみたいな顔をしていた。

それから、声を上げた。痛いのか、そうでないのか判らない、言葉ではなく悲鳴でもなく、意味をなさない音の羅列《られつ》だ。

「あ……あ…ぅう……ぅっ……」

「痛いか？　痛くない……ってことはないよな…っ……ちょっ、待っ……吹野さん…っ」

「…ぅっ、ぁあっ……ぁあっ……」

「吹野さん、落ち着いてっ……」

吹野の手がバシバシと体を打ち、どうにか引き剝がそうと館原の胸元を押しやる。濁音《だくおん》混じりにメチャクチャに放たれる声は、嬌声《きょうせい》とはまるで違っていた。

「……ぃ…ぃやっ……」

頭を振る顔を覗き込めば、さっきまで気持ちよさげに潤ませていた両目からは、ぽろぽろと涙が零れていた。

「……はっ、こんなの……キツイよな、ごめん…っ……」

ただでさえ館原のものはサイズも大人しくはない。

怖がらせるつもりはないし、泣かせたくもないのに。止められない自分を最低だと詰《なじ》る一方で、堪らない快感も覚えていた。

吹野のそこは柔らかいのに狭くて、キツイほどに締めつけてくる。穿たれたものを追い出そうと吸いつき、可哀想なくらい懸命に繰り返される収縮も、余計に館原を刺激し興奮させた。

「……吹野さん…っ、まずいって」

堪らなく感じる。気持ちいい。激しく奥まで突き上げて、自分の形に開かせたいのを堪えるだけで精一杯だ。

「……くそ、やばい……あんたのほうが、ずっとっ……辛《つら》いのにな」

いつも館原の前には、気が向いたらつまんでいいデザートが山盛りになっていた。飲み込んではいけないものなど、盗んで口に入れてしまったのは初めてだ。

「無理…っ……まじ、もう限界……」

肩を震わせつつどうにか堪えていると、吹野の手が伸びてきた。

館原の下りた黒髪に触れ、額に触れて。館原は堪らなくなってその手を取り、手のひらに唇を埋めた。

愛《いと》おしくてならないというように、こんなときまで冷やりとした手に熱い頬を摺《す》り寄せる。

無意識だった。求める気持ちが滲んで止めどなく溢れるような仕草、手のひらに零した吐息に、吹野の眼差しが揺れる。

ほっそりとした両腕が掲《かか》げられ、背中へ回った。

館原は抱き留められ、揺らされる。

「……いいのかよ?」

吹野は頷く代わりのように、目蓋を落とした。

委《ゆだ》ねられた身を諦めることなど、今の館原には到底《とうてい》無理だった。

ビクビクと中でも跳ね上がるほど猛《たけ》ったものを、余すところなく埋めた。根元まで全部。ぱちゅっと鳴った卑猥《ひわい》な音に、二人分の息が震える。深い欲望にカウパーが止まらないのは館原も同じで、きつい吹野の中を慣らすには都合もよかった。

「……は…っ」

熱い塊《かたまり》をゆっくりと行き交わせる。

抜き出しては埋め、吹野の深いところへと。

張り出しの強い先端で開かされた吹野はしゃくり上げる。そのまま緩く揺すって、ノックするように奥を突いてやると、泣いて頭を振った。

「……うっ……ぅうっ……」

唇から堪えきれない声が零れる。

なまじ顔が整っているだけに、アンバランスで歪《いびつ》にすら感じる声。艶っぽさや、作りものめいた美しさはない。

上手く話せない吹野は、きっと誰にも聞かせたくはないのだろうけれど、館原はずっと聴いていたい音色だと思った。

吹野はたぶん知らない。こんなとき、みんなベッドでどんな声を上げるのか、誰もそんなものを教えるはずもない。

知る必要もなかった。吹野が本能のままに、感じるままに溢れさせる声をもっと聴きたいと思った。

髪を撫でた。ひどく湿ったこめかみ。涙に濡れた赤い顔も、包み込むように大きな手で撫でると、吹野のほうから顔を摺り寄せてきた。

「……吹野さん」

胸の奥が軽く軋《きし》む。痛んで、堪らなく甘く疼くのを館原は感じた。

無意識の仕草だろう。揺れる眸は今も崩れそうなほど涙を湛《たた》えていて、眦まで赤い。気持ちよくて浮かべている涙ならいいのにと願いつつ、あの場所を探った。

指で吹野がよく鳴いたところを、集中的に押し上げ刺激してやる。

「……ぁん…っ……」

「吹野さん、俺を見て……俺の、顔」

目蓋に口づける。

泣き濡れた眼差しが、自分を捉える。

自分の、言葉を受け止める。

「吹野さん、気持ちいい？　もっと……力、抜いて……そしたらもっと、よくなるから……力、ほら抜いて」

「んっ……ぁっ、あ…っ……」

「そう……上手だな、声まで……よく通るようになってきた…っ……」

「……ぁんっ……ぁっ、や……ぁっ、あっ」

「ああ、いい声……ぞくぞくする。やばいな、俺……もうイキそうかもっ、ていうか……イキたい…っ……」

「あっ、あっ……ん…んっ……」

「なぁ、中……出して、いいっ？　吹野さん…っ……の、なか……もう全部、出…したい……」

熱い息を何度もついた。

この体の奥に自分の精を叩きつけて、自分のものにしてしまいたい。恥知らずなほどに、強く高まる独占欲。

吹野といると、初めてのことばかりだ。

「……吹野さんっ……ああ、いい……」

「……んっ、んん…っ……あっ、あぁ…っ……」

ベッドの上の腰を吹野ごと波打たせるようにして、大きく抜き差しを繰り返した。

一際深く穿たせ、悪戯に情欲を煽《あお》る音を鳴らして駆け上がる。充溢感《じゅういっかん》。深い官能は焼きつく閃光《せんこう》のように身を覆《おお》った。

湿った髪に、強く唇を押し当てる。両腕でも全身でも抱いて、捉えた男の中に欲望を叩きつけながら、館原は呟きを漏らした。

届かない声でも、言わずにおれなかった。

「ああ……吹野さん、好きだ」


耳を澄ませても寝息は聞こえないので、起きているのは判っていた。

「な、本当は怒ってるんだろ？」

館原は何度目か判らない問いを、白い背にぶつけるも反応はない。くるっと背中を向けられた時点で聞こえず、拒絶されたも同然だ。

『ひどいことはしない』からの強引なセックス。吹野が不慣れなのをいいことにやりたい放題。キスまでどさくさ紛《まぎ》れに奪ったのだから、恨まれてもしょうがない。

けれど、自分のベッドから出て行こうとはしない姿に少しは期待もした。ミモザのカバーもかかったたままの布団を引き被《かぶ》った吹野は、まだ服すら身につけていない。

「なぁ、吹野さん……」

肩甲骨《けんこうこつ》の浮いた背へ、館原は黒髪の下りた額を押し当てる。

『好きだ』とうわ言のように呟いたのを、忘れてはいなかった。

同じ男なだけでなく、まだ出会ってひと月と経《た》たないのに、どうかしている。

否定すべき材料を並べたところで、言葉に嘘はない。そこら中を踏み荒らすようだった激しい欲望が失せても、心が凪《な》いだ草っ原みたいに穏やかになろうと変わりない。

つまり、本心ということだ。

——自分が、恋を。

「……なぁってば」

押しつけた額でぐいぐいと背中を揺すると、堪りかねたように吹野が身を起こした。ようやく振り返った男の視界に収まった館原は、しっぽを振る犬みたいにパッと表情を変える。

「吹野さん……」

『疲れてるだけだ。そっとしておいてくれ』

まるで心を読み取ったかのように、スマホを見せてきた。

「じゃあ、怒ってないのか?」

『怒ってるって言ったらどうするんだ? 土下座でもするか?』

さっきまで泣いて乱れてメチャクチャになっていた男とは思えないほど、スマホの吹野は冷静だ。

館原も今夜ばかりはしおらしく返した。

「するよ、あんたが望むなら」

『いらない。そんなの嬉しくもないし。詫《わ》びは演奏で返してくれ』

「なんで……それこそ、嬉しくもないだろ?」

ずっと不思議でならなかった。吹野が何故、自分のヴァイオリンを聞きたがるのか。罰《ばつ》でないとしたら、理由はなんなのか。

枕に顔を戻して横たわった吹野は、館原と見つめ合った。写生でもするかのように顔を眺めてから、スマホの上の指を動かし始める。

『君のヴァイオリンを弾く姿は綺麗だ』

「え……」

『弓使いも、指の動きも。力強いのに繊細《せんさい》で、一目で目を奪われたよ。僕は君の演奏を見ていると音楽を思い出せそうな気がする』

賛辞に目を瞠《みは》らせ、館原は画面と吹野の顔を交互に見た。

耳では聞こえない音楽が思い出せるかもしれないなんて。吹野にとってそれがどれほどの意味かなど、考えずとも判る。

「目を奪われたって……いつ?」

『前にね、君の演奏をテレビで見かけたんだ。クラシックの番組で、オーケストラと演奏してた』

吹野は珍しく何度も文に詰まりながら、続きを書いた。

『今の僕はなにも聞こえない。でも、僕だって昔は音楽を聴いていたはずなんだ。三歳までだけど。だから思い出せるんじゃないかって』

「あ……」

——『鱒《ます》』だ。

この家に来る途中、自転車を漕《こ》ぎながら聴いたあの曲。あのとき頭に浮かんだメロディのように、人は音楽をイメージに変えて鳴らすことはできる。

「そっか……そうだな、記憶はどっかに残ってるはず」

『最初にテレビで見たとき、君が弾いていたのはシベリウスだったよ。なんて淋しくて気高《けだか》いんだろうって思った』

第一楽章だろう。聞こえない吹野が、シベリウスの協奏曲の持つ寂寥感《せきりょうかん》を遠からず言い当てていることに驚いた。

作曲家の名前を知っていたのは、それがきっかけだからか。本当はずっと以前から、自分を知ってくれていたことになる。

なのに、出会ってみれば不法侵入の大嘘つき。褒《ほ》められたものではない言動の数々を振り返ると、館原はさすがに身の置きどころない気分になった。

「あー……幻滅《げんめつ》しただろう？」

『否定はしない』

吹野は笑った。

苦笑いながら、どこか楽しげな笑みだ。

「はは……なんか、シベリウスは縁があるな。縁っていうか、こないだ弾き損《そこ》なったのもそうだったし」

『弾き損なった？』

余計な心配を煽るつもりはなく、館原は不調については触れずに、東京公演で曲目の変更があったと話した。

吹野は見守るように聞いていた。

館原の唇が動くのを、瞬《まばた》きする間も惜しんで見つめる眼差し。ただ言葉を読み取っているだけだと判っていても、あまりにも真っ直ぐな目に鼓動が高まる。

恋を知った館原の胸はトクンとなる。

やがてトクトクとメトロノームのように規則正しく。

「呆れるだろ？　どこの誰が権力を振り翳《かざ》したんだか。お綺麗な世界じゃないんだ」

零した苦笑いに、吹野は返した。

『でも、その人は君の演奏がそんなに聴きたかったんだね』

「え？」

『だってそうだろう？　君がシベリウスを弾きたかったのと同じくらい、君のブラームスが聴きたかったんだよ』

久しぶりに軽井沢《かるいざわ》を出たのは三日後だった。

長野から栃木、高原の街からまた高原へ。

大宮で北陸新幹線から東北新幹線へと乗り継ぎ、向かったのは那須《なす》だ。東京の自宅へ寄って車で行くのも考えたけれど、読みたい本もあったので新幹線移動にした。

到着駅からタクシーで向かったのは、那須高原にある療養施設だ。軽井沢の療養所にも似た緑溢れる森の施設ながら、こちらはログハウス風の建物で見た目はペンションのようだ。

いくつかの棟《むね》に分かれており、館原《たちはら》が案内されたのは六角形の小さなホールのような形をした別棟だった。

デイルームで、中に入ると思い思いの時間を過ごしていた十数人ほどの患者たちの注目を浴びる。

見舞いにスポーツウェアというわけにもいかない。チェスターコートに、タートルのニットとウールパンツ。モノトーンの落ち着きは一転してノーブルな雰囲気で、見栄《みば》えのする館原は目を惹《ひ》く。

「……新良《しんら》」

奥のテーブルでヴァイオリンをケースにしまおうとしていた老人も気づいた。

「お久しぶりです、先生。受付で訊いたら、午後はここだと……残念、午後の演奏会には間に合いませんでしたか」

「ただの暇潰《ひまつぶ》しだよ。君に無様なところを見せなくてよかった」

暇潰しと言いつつ、入院患者とは思えない襟《えり》つきのシャツにベルトを通したスラックス姿で、思いのほか顔色もよく安心した。

菅井定史《すがいさだふみ》。日本を代表するフィルの元首席指揮者で、館原が子供の頃にヴァイオリンを教わった恩師だ。一般的に師事《しじ》したのはアルデルト・マウエンだと思われているが、日本では菅井から学んでおり、館原にとってはいずれも恩師に変わりない。

同じ日本人である菅井は、館原のメンタリティを誰より理解してくれ、父親が託《たく》した訳も成長するに連れて判った。世界でタクトを振っていなくとも、巨匠と崇《あが》められるマウエンに通じるところがある。

根底に流れるもの。音楽に求める理想が同じなのだ。それはおそらく生き方の理想が似ていると言ってもいい。

「ここはいいところですね。先生が選んだのも判るな。薪割《まきわ》りの音が響いてきそうです」

促《うなが》されて向かいの席に座りながら、館原は窓越しの森に目をやった。軽井沢にも似ているけれど、少年時代の多くを過ごしたウィーンの森をも彷彿《ほうふつ》とさせる眺めだ。

「薪割り？」

「いえ、大したことでは」

「そう、先月のコンサートはすまなかったね。せっかく用意してもらった席を空けてしまって……静枝《しずえ》だけでも行かせるべきだったんだが」

「先生を放って、奥様が行くわけにはいかないでしょう」

菅井が行けなかったのは、直前で体調を崩したからだ。今は持ち直して落ち着いたと、夫人から連絡をもらったけれど、病状はけして芳《かんば》しくない。

ここは積極的な治療を行う病院ではなく、ホスピスだ。終末期医療《ターミナルケア》を望んだ人たちが集まっている。

「それに、曲が変わってしまってすみませんでした」

シベリウスの協奏曲は、菅井の好きな思い入れのある曲だ。ヴァイオリニストから指揮者に転向して初めての曲だと聞いているが、北国の出身なのも無関係ではないと思っている。

北欧の冬の厳しさ、息苦しいほどに澄んだ空気。ただひたすらに春を待つ、閉ざされた大地を知る者だけに通じる世界がきっとある。

「君のせいじゃないだろう？　そもそも、謝るようなことではないよ」

「でも、そのつもりで先生も……」

「誰かが、それほど君のブラームスに執心《しゅうしん》していたんだよ。とてもいいコンサートだったそうじゃないか、私も久しぶりに君の演奏で聴きたかったね」

「あ……」

吹野と同じ意見で驚いた。

あの観客の中に、それほどまでに自分のブラームスを聴きたがった人間がいるのか。あの最初に中央の辺りで立ち上がった客、それとも右手で並び立った客たち、後はもう判らない。あの日、会場全体が歓喜に満たされ、喝采《かっさい》をくれた。

自分がシベリウスに拘《こだわ》ったのは、菅井のためだ。喜んでほしかったし、成長した自分の音楽を聴いてもらいたかった。ラストチャンスかもしれないという焦《あせ》りもあった。

もう一度その機会が訪れるかは判らない。協奏曲はソロや室内楽と違い、自分の一存で弾《ひ》けるものではない。求められて初めてその機会を与えられる。

その自分と同じくらいの熱量で、理由で、ブラームスを求めた人があの中に。

「あら、先生！」

突然上がった高い声に、館原はそちらを見た。

「お若いお客さん、珍しいですね」

背後のテーブルの車椅子の男性をケアしていた、中年の女性スタッフだ。快活な笑みを向けられ、微笑み返す。

「菅井先生にお世話になっている者です」

「まぁ、もしかしてヴァイオリン教室の生徒さん？」

菅井が多くの人にヴァイオリンを楽しんでもらおうと教室を開いたのは、指揮活動を引退してからだ。

誤解を感じつつも、館原は女性の押す車椅子の患者のほうが気になった。

老齢の男は菅井と目が合うと、去り際に無言でひらひらと手を動かし、菅井もまた素早く手の動きで応《こた》えた。

「新良、悪いね。彼女はクラシックには詳しくないんでね」

二人が出て行き、菅井は言った。

「いえ、それより今の……手話ですよね？」

「彼は難聴《なんちょう》なんだ」

「なんて言ったんですか？」

強い関心に、すっかり白くなった男の眉が上がる。

「『また夕飯のときに』ってね。大した会話じゃない」

「先生、実は僕も手話を覚えられないかと思って、本を読み始めたところなんです。やっぱり独学じゃ難しいものですか？」

菅井は昔から社会福祉活動への関心が強く、手話にも馴染みがあった。

スマホの筆談はどうしてもタイムラグが生じ、吹野《ふきの》も無理をして急いで入力していると感じるときがある。手話ならば、もっとテンポよく自然に話せるんじゃないかなんて。

「簡単な会話くらいなら難しくはないと思うが……後はどこまで学びたいかによるんじゃないかな」

菅井は両手を動かした。かつての指揮を思わせる、誠実さが音楽性に表れていると言われた丁寧な動きだ。

手話の本を読み始めたばかりの館原にも伝わった。

「あー……『どうして？』」

返された笑みと頷き。急に興味を持った理由が知りたいのだと判る。

「知り合いが聞こえなくて……今は筆談で話してくれてるんですけど」

父親に連れられ、初めて菅井やマウエンに引き合わされたときも、これほどの緊張はしなかった。冷や汗を背中に覚えつつも、館原は至極《しごく》真面目に吹野について語った。

自然と吹野の家に住み着いているのも打ち明けてしまい、相手が女性ではないことが菅井は意外そうだった。

しかし、なにより訝《いぶか》しまれたのは、吹野がスマートフォンで書く文章についてだ。

「いつも彼は筆談で、君に判りやすい文を？」

「はい、まぁ」

「文法の乱れも、違和感を感じることもないのか？」

「……ありませんけど、どうしてです？」

骨ばった手を軽くさすって、菅井は答えた。

「聴覚障害者はね、本来文を書くのは得意じゃないんだよ。彼はろう者《しゃ》なんだろう？」

「……はい」

「途中で聞こえなくなった人は書けるけど、その彼のように言葉をたくさん覚える前に聞こえなくなってしまうと、話し方も文章の構成も理解するのが大変なんだ。手話とはまるで違うからね。日本語は複雑で、日常会話は教科書とはかけ離れてる。普段耳にできない人が使いこなすのは並大抵じゃない」

「でも、彼は普通に書けます」

吹野《あがの》と住む世界が違うのを、認めたがらない自分がいる。同じだと思いたいと、往生際悪《おうじょうぎわ》く足掻く自分が。

「彼が努力をしたからだよ」

館原は目を瞠らせた。

当たり前の事実。

「ただの勉強じゃない。君にそこまで思わせるほどの、健聴者《けんちょうしゃ》と変わらないと信じ込ませるだけの努力を、その彼はしてきたんだよ」

なにも返せなくなった。

呆然となる館原に突きつけられたのは、その先にある違和感だ。

——では、なんのための努力だったのか。

「なのに、彼は話そうとしないし、笑顔もあまり見せないんだろう?」

「はい」

「普通は逆だよ。耳の不自由な人はね、会話で気持ちを伝えづらい分、表情で補《おぎな》おうとする」

言われてみれば、聴覚障害に限った話ではない。多国語を話せる館原も、世界のあちらこちらを回っていれば意思疎通《そつう》の難しい相手に遭遇する。

そんなときは、とりあえず笑って挨拶《あいさつ》を切り抜ける。

吹野はそれをしない。

愛想笑いくらいはすると言っていたけれど、普段の感情表現は乏《とぼ》しい。

「新良、難聴者が失ったのは音だけじゃない。聴力の低下は心を脅《おびや》かす。コミュニケーションという、人として生きる大切な術《すべ》をね。喜びを奪われるんだよ」

吹野は補おうと努力した。交流する術を手に入れようと頑張ってきたにもかかわらず、今はまるで封印してしまったかのようだ。

もう目を背《そむ》けてはならない現実。

館原は身じろぎもせず言葉を受け止め、背後で明るい声が響いた。

「先生、よかったらもう一曲だけ弾いてもらえませんか?」

先程の女性スタッフだ。今度は別の患者を連れて戻っており、車椅子にちょこんと座っているのは、小柄な老婦人だ。

「藤村《ふじむら》さん、検査で聴けなかったんです」

菅井の午後の演奏会はどうやら人気らしい。

鉤針編《かぎばりあ》みのケープにベレー帽と品よく洒落《しゃれ》た老婦人は微笑みを湛《たた》え、期待に満ちた眼差しだ。

「すまないね、今日はもう私は疲れてしまって」

当然応えるとばかり思った菅井のつれない返事に「えっ」となる。続いた言葉に、さらに意表を突かれた。

「頼めるかな、新良?」

「あら、生徒さんもヴァイオリンが弾けるのでしたらぜひ! 練習中の曲でも構いませんから」

女性スタッフの懇願《こんがん》に、テーブル越しの菅井の目が悪戯っぽく輝くのを感じた。人が悪い。

「構いませんけど……今日は持ってきていません」

「ああ、これでよければ。楽器はほとんど譲《ゆず》ってしまって、もう安物しか手元に残してないんだが」

手渡された菅井のヴァイオリンを、館原は一瞬見つめてから構えた。顎《あご》当てに癖を感じるけれど、これくらいならどうということもない。

素人目《しろうとめ》には動きが視認《しにん》できないほどの流れるようなシフティング。指板に指を走らせ、滑《なめ》らかな移弦《いげん》で弓を先から元までアップさせる。澄んだ美しい音に空気が震える。

「まぁ……」

試し弾きに、女性スタッフは零れんばかりに目を瞠《みは》らせた。デイルームにいる患者たちも、ハッとなったように一斉に顔を向け注目する。

「弘法《こうぼう》、筆を選ばずかな。私の株がだいぶ下がりそうだ」

菅井は苦笑いし、車椅子の老婦人は少女のように目を輝かせて館原を見つめた。

「彼女は『チャルダッシュ』がお好きでね」

チャルダッシュと言えばモンティで、ハンガリーの民族舞曲だけあって軽快かつ哀愁ある情熱的な調べだ。

「お熱いのを一つ頼むよ」と菅井に告げられ、館原は頷き立ち上がった。

軽井沢に戻ったのは、まだ日が暮れて間もない時刻だった。

できれば明るいうちに着きたかったけれど、日も短い季節だ。幸い自転車ではない。行きは駅まで吹野に車で送ってもらった館原は、帰りはタクシーに乗った。

後部シートで手をひらひらさせる。バックミラー越しのタクシー運転手の不審がる視線にも構わず、館原は覚えたての単語を確認した。

——『ただいま』がないんだよな。

手話の単語は限られる。日本語に対して圧倒的に少なく、手の動き一つで、すべてを網羅《もうら》するのは不可能だ。『ただいま』も『おかえり』も明確な手話としての単語はなく、片手を上げるようなジェスチャーですべてすまされる。

『おはよう』や『こんばんは』は、正確には時間帯とお辞儀《じぎ》の手話の組み合わせで表す。

――こんばんは。

手のひらを前に向けて両手を掲げ、交差するように倒して『夜』。両手の人差し指を立てて向き合わせ、お辞儀をさせて『挨拶』。

『夜』の『挨拶』で、こんばんは。

一緒に住んでいるのに『こんばんは』なんて変な気がするが、何事も基本からだ。

森を走り始めたタクシーはスムーズに家まで辿り着き、降りてから気づいた。

家の傍《そば》に見知らぬ車が停まっている。闇に溶け込むような黒いワンボックスカーで、玄関に入れば来客を示す靴。以前見た女物のパンプスなどではない。

一日で大柄と判る男物のスニーカーを横目に、ルームシューズを履《は》いて上がる館原の表情は強張《こわば》った。

笑い声が聞こえた。

リビングを覗けば、窓際のテーブルセットではなく、L字の座面のゆったりとした広さのグレーのソファに男は吹野と並び座っていてぎょっとなる。

ローテーブルに二人分のコーヒーカップが置かれ、いつもは館原の定位置となった場所に、がっしりとした体格の男が悠々《ゆうゆう》と腰をかけていた。

年は吹野と同じくらいか。テンポのいい手話を繰り出しており、まるで旧知の友人のようだ。

二重奏のごとき絶妙な掛け合い。男の大きな手に応えて、吹野も白い手をひらめかせる。男が笑えば、吹野も。

和《やわ》らいだ表情。音にはならないまでも零れるような吹野の笑み。

「ああ、おかえりなさい。おじゃましてます！」

目ざとく気づいた男が声を上げ、館原は自分の眼差しが据《す》わっているのを感じた。

「……どうも」

近づくと、やけに愛想のいい男は立ち上がってまで挨拶をする。

「初めまして、本山《もとやま》です。訪問相談員の」

「訪問相談員って、こないだの女の人じゃ……」

『前に担当してくれてたんだ』

身を乗り出し、スマホを手にした吹野が説明を添える。広いローテーブルに遠く置かれていたスマホは、これまで二人の間では不要だったのが一瞬にして知れた。

『休みに軽井沢に来たからって、わざわざ寄ってくれて』

男はたしかにトレッキングでもしそうなラフな服装で、仕事中には見えない。

「すみません、こんな格好で」

「いや、俺はべつに……」

「ヴァイオリニストの館原新良さんですよね」

まだ名乗っていないにもかかわらず、知られていて館原は軽く戸惑った。

「吹野さんの家に滞在なさってると聞いて、びっくりしました。まさか、お知り合いだったなんて！」

「知り合いっていうか……勝手に住みついてます」

男は冗談と受け止めたのか、「ははっ」と笑う。

自分のことは吹野が話したのか。口止めはしていなかったけれど、ガードの硬そうな吹野が世間話に喋《しゃべ》ってしまえるほど信頼した相手なのだろう。

ペラペラと広めないでいてくれるなら問題はない。そのはずが、一向に館原の顔の筋肉は緩もうとはしなかった。

「館原さん、ここで練習もなさってるんですよね」

「……ええ、まぁ」

「吹野さんが……」

ソファから焦った様子で腰を浮かせた吹野が、本山の上着の裾《すそ》をきゅっと引っ張った。

「ん？」と振り返る男に、素早い手の動きでなにかを伝える。首を振ったのは『ノー』の意思表示か。

男が応え、吹野もまたなにかを返す。

ひらひらと交わされる声なき会話。

——見ていられない。

「館原さん？」

新幹線で本を読んだくらいでは、とても理解できやしないやり取りと親密な空気に、館原は背を向けた。

二人だけの秘密を、入れたボックスばかり見せつけられているような不快感。

「どうぞごゆっくり」

「え、あ、ちょっと……」

軽い会釈《えしゃく》を返すのみで、館原は素早くその場を去った。

階段を上って、自分の部屋へ。二階からリビングの様子など窺えない広い家で、不快なものをすっぱり排除できたにもかかわらず、心は少しも穏やかにならない。

見えなくなった分、階下に想像が巡り、一人になった分、自分の感情と向き合う羽目になる。

不快感の正体が嫉妬であることに、否応《いやおう》なしに気づかされた。

拗《す》ねた子供のように引き籠もるわけにもいかず、館原は男が帰ると階下に下りた。

吹野から夕飯の知らせもあった。いつもは手伝う準備も必要がなく、ダイニングに向かうとすでにテーブルのセッティングまでできていて、『昼の作り置きで悪いけど』と出されたメインはボルシチだった。

食事中の館原の口数は、めっきり減った。つい黙々と口に運ぶ。

吹野が、白いクロスのテーブルを指先でトントンと叩いた。

気づいてほしいときの仕草だ。声をかけるというやり取りのできない聴覚障害者は、肩を叩いたりとボディに触れて知らせる機会も多い。

さっき男の服を引っ張ったのも、親しみや距離感とは無関係なのかもしれない。

『お見舞い、どうだった?』

真顔でスマホを見せられた。

「ああ、先生は思ったより顔色も良くて、落ち着いてたから安心したよ」

『よかった。会えてよかったね』

心配してくれていたらしい。

ホッと緩んだ吹野の表情。以前に比べれば、自分に対しての感情表現も豊かになってきているのを感じる。

「吹野さん……」

『帰ったら話したいことがあるって言ってたのは？　お見舞いのことか？　待ってたんだよ』

新幹線で送ったメッセージについてに違いない。吹野は画面を見せたかと思うと、慌てたように文の後ろにつけ加える。

『疲れてるなら明日でいい』

「俺を待ってたって本当に？」

追加の文を読む前から、館原は前のめりに訊き返した。

自分らしくもなく、声が弾みそうになるのを抑《おさ》えきれなかった。スマホで返事をする代わりに頷く吹野の姿にさえ、胸が躍《おど》る。

いつも、真っ直ぐに自分を見つめる眼差し。言葉を読み取るためであっても、吹野の関心が今は自分だけに向いていることに、馬鹿みたいに安心した。

「あー……」

館原は、頭の中で譜面を反芻《はんすう》するように本の内容を思い返した。イラストで描かれた動作の解説。

ボルシチの真っ白なボウルを指差す。

続けて、片手の手のひらで顎を拭うような動きをした。

――これ、美味《おい》しい。

話と言うより、見てもらいたかったのは成果か。つい宿題ができたのを褒めてほしい子供みたいに、テーブルの向こうの男を期待に満ちた目で見つめてしまう。

初歩的な手話だ。間違えようもない。

「吹野さん？」

吹野の反応は鈍《にぶ》く、急《せ》かすように声をかけて初めて手が動いた。

『なんで？』

手話ではなくスマホだ。

「今日、少し、手話、覚えた」

言葉に合わせ、たどたどしくも手を動かす。

吹野はこちらの言葉は読めるのだから、自分までやる必要はないのかもしれない。けれど、一人でやるより、二人のほうが吹野も返しやすいだろうと思った。

ちゃんと、考えたつもりだった。

吹野は、突きつけるようにもう一度同じ画面を見せた。

『なんで？』

「なんでって……そのほうが話しやすいだろうと思って」

『いらない。僕は手話は好きじゃないんだ』

「でも、さっき……あの男とは楽しそうに話してたろ。すごい話弾んで……」

『彼と君は違う』

吹野は叩きつける勢いで指を画面に走らせ、そのまま強烈なパンチでも食らったように館原の思考は停止した。

「……なにそれ」

『彼は最初から手話のできる人だ。僕のために覚えたわけじゃない』

「あんたのために覚えるのは、悪いことなのかよ」

『余計なことはしなくていい』

「余計って……」

投げつけるような言葉を見せられる度《たび》に絶句する。

吹野はまた返事を書き、そして動かなくなった。書き終えた画面を見据えたまま、停止する。

躊躇《ためら》う仕草に、館原も見るのが怖くなった。

『君はいつまでもここにいるわけじゃない』

突き出された左手。静かに向けられた画面が、明かりに光って見えた。

「でも、もう知らない仲ってわけじゃ……それに、あんた言ったろ。前に女の訪問相談員に俺のこと、言ってくれたよな?」

館原は覚えていた。

あのときは判らなかった、吹野の手の動き。

手話の本を購入して一番に調べたのは、あのとき吹野が伝えた言葉だった。

「言ったろ、『家族』って」

自転車に跨《また》ろうとして、今にも白いもののちらつきそうな曇《くも》り空を館原は仰《あお》いだ。

まだ軽井沢に雪は降っていないが、浅間山《あさまやま》は雪冠《ゆきかむり》を被っており、すっかり冬の気配だ。木々は見事なまでに葉を落とし、ヤドリギだけが股《また》に乗っかった枝に止まる鳥も、どこか心許《こころもと》なげに短い羽休めをして飛び立つ。

午後の練習の後、「買いものに行ってくる」と言って家を出た。特に急ぎで必要なものがあるわけではないけれど、昨日から吹野とはギクシャクとしてしまい、どうにも居心地が悪い。

いつものベーカリーのパンと、吹野の気に入りのデリカテッセンでソーセージでも買おうと、行く先を決める。

ミュンヘンからスパイスを取り寄せているとかで、本場の味が自慢の店は、そのせいかどこか懐かしい味がする。ヴァイスヴルストとニュルンベルガーは、頑固爺《がんこじい》さんなドイツ人の祖父も唸《うな》らせそうな味だ。

——家族。

重力任せで坂道に自転車を走らせる館原は、ふと思い出した単語に苦い表情になる。

手話の意味を指摘したところ、前島《まえじま》の警戒を解くために告げたまでだと、吹野は素っ気なかった。

実に吹野らしい。

考えてみれば、あの吹野が自分のヘタクソな手話に感激し、『ありがとう、今日から手話でも話せるね』なんて頬を染めて返すと思っていたのなら、頭がお花畑すぎる。

実際、花が咲き乱れてしまっていたのだ。

セックスをしても許され、避けられることも追い出されることもなく、好かれているんじゃないかと感じる瞬間もある。

すべては錯覚なのか。

告白したところで、応えてくれるとは到底思えない。

『君はいつまでもここにいるわけじゃない』

吹野の言うとおりだった。

休暇はいつまでも続かない。もう十一月も半分を過ぎた。あと少しで、ここへ来て一ヵ月になる。西上《にしがみ》に与えられた猶予《ゆうよ》も、もう間もなく尽きる。

軽井沢の中ではもっとも賑《にぎ》わいを見せる銀座通りに辿り着き、自転車を下りた館原はそのまま重い足を止めた。

気づけばもう十二月に入ったかのように、店の軒先はどこもクリスマスムード一色だ。移ろう月日を突きつけられ、急かされてでもいるかのような焦りを覚える。

「館原さん？」

足を動かせずに佇《たたず》んでいると、行き交う人の中から声がかかった。

館原は振り返り、二度と会うこともないとばかり思っていた男の姿に驚く。

「ああ、やっぱり館原さんだ！　雰囲気違うから別人かと思いました。なに着ても様になりますね、カッコイイなぁ！」

今日はまた動きやすく目立たないつもりのスポーツウェアだ。

賛辞も笑顔も白々《しらじら》しい。うさんくさい男だと鼻白《はなじろ》む一方、きっと自分などよりずっと善良な人のいい男なのだろうとも思う。

だからこそ、胸がざわつく。

「まだいらしたんですか」

『まだいるのか』という苛立ちがつい滲んだ気がして、館原は愛想笑いを添えた。「お土産を買って帰るところで」と本山はカラッとした調子で応え、背後の雑貨店の入口でポストカードを見ていた若い女性が会釈した。

飾り気はないが、なかなかに可愛い女性だ。

「あ……彼女？」

「婚約者です」

判りやすく照れた男は、頭を掻きながら答える。軽井沢へはどうやら婚前旅行らしい。

「昨日は彼女とは別行動で……」

「紹介すればよかったのに」

「えっ、いや、そんな急に彼女まで連れて押しかけるのも悪いかと」

一緒に訪ねてくれれば、嫉妬に苛《さいな》まれて拗《こじ》れずにすんだかもしれないなんて。勝手なことを考える館原に、そうとは露《つゆ》とも知らない男はへどもどした様子だ。

本山は気を取り直したように言った。

「でもよかった、館原さんにまた会えて。やっぱりどうしても気になって」

「え……俺が居候《いそうろう》してることですか?」

不自然さに気づかれたかと身構えるも、思いがけない質問を返された。

「あれから、吹野さんはあなたのコンサートに行ってますか?」

男は真剣な顔だ。

吹野が自分のコンサートに来ていたかもしれないというだけで驚いた。動揺を気取られまいと、平静を装《よそお》って問う。

「……どういう意味です?」

「そのまんまです。まだ行ってたらいいなって。吹野さん、前に行ったとき……帰ってから少し様子がおかしかったから」

「様子って……どんな風に?」

「ただ、なんとなく行く前と雰囲気が違ってたって言うか……訊いても僕にはなにも。『ちょっと人が多くて疲れただけだ』って……」

少し沈黙してから、本山は口を開いた。

「元々、吹野さんはコンサートに行くような人じゃないんです」

「そうですね。残念ながら」

初めて気が合った。

本山も『耳が聞こえないから』という理由で言っているわけではない。

「東京にもご実家の用がない限り帰ってないみたいだし。コンサートに行くのは、たまたま僕の訪問日と被ってたから教えてくれたんです」

「行く理由はなにも?」

「そのときは特には。でも館原さんが知り合いだったのが判って、あのときは招待されたのかと……」

ハッとなったように、男は泳ぎ出しそうになっていた視線を戻した。

話の流れから、そうではないとようやく察したに違いない。

「すみません、吹野さんには言わないでほしいって頼まれてたんです。あなたには、昔のことはなにも。でも、心配だったものでつい」

「そうだったんですか」

「館原さんっ、あの……」

縋《すが》るような目を向けられた。

自分は喋っておいて、人には口止めなんて調子が良すぎるだろう——なんて思いはしなかった。

彼なりに吹野を本当に心配してきたのだろうと判り、反発する気持ちもいつの間にか薄らいでいた。

だからこそ、館原は正直に告げた。

「俺には口止めできませんけど、いいですか?」


結局、目的だったはずのパンもソーセージも買わず、手ぶらで戻ってしまい吹野は怪訝そうだった。

すぐにも問い詰めるつもりで、心臓が爆発するんじゃないかってほど必死で自転車を漕《こ》いで帰った。にもかかわらず、吹野の顔を見ると言葉に詰まった。

どうしてコンサートを観に来てくれたのか。そこでなにかあったのか。それが最初で最後になってしまったのか。

何故と思うあまり並ぶ疑問は、酷《ひど》い渋滞を起こしたように喉《のど》でつかえ、なに一つ問いに変えられないまま。

別れ際、本山に確認したところ、もう四年ほど前になるらしい。

音を聴くために人の集まる場所が、吹野にとって居心地がいいとは到底《とうてい》思えない。

自分だけが聞こえない状況が堪《た》えがたかったのだろうか。

吹野ならば、それくらい百も承知で行ったはずだ。判っていて聴きたいと思ってくれたのか、その目で見ようと足を運んで——

トントン。響く音に顔を起こした。

吹野の指先とテーブルのクロスがぶつかり合う音。どんなに微かだろうと、耳のいい館原は敏感に反応せずにはいられない。

夕食後に淹《い》れてもらったコーヒーを飲むうち、いつしかカップを手にしたまま身じろぎ一つしなくなっていた。

『大丈夫?』

「ああ……」

胡乱《うろん》な返事に、困惑顔の男は尋ねる。

『明日の朝はパンを焼こうと思うんだけど、なにか食べたいパンあるか?』

「あ……ごめん、俺が買い忘れたせいで」

『平気だ。たまには焼こうと思ってたから』

「なんでもいいよ。吹野さんが得意なのが食べたいな」

答えても、吹野はまだこちらを見ていた。

帰宅から度々上の空になっており、怪しまれるのも無理はない。順を追って話そうと、館原は言葉を選びつつ切り出した。

「今日さ、銀座通りで本山さんに声かけられたよ」

それだけでもう、なにがあったか吹野が察したのを感じた。

「吹野さん、俺のコンサートに前に来てくれたって、本当？」

『昔の話だ』

「あの人が、その後の吹野さんの様子が変だったって」

『昔の話だ』

同じ画面を、また突きつけてくる。

「昔、昔って……本当に昔のことだってんなら教えてくれてもいいだろう？　本山さんも、ずっと気にしてたみたいだし……あの人、婚約者と旅行中なのに、わざわざあんたに会いに来てたんだよ」

本山の名前を出したのは卑怯だったかもしれない。自分よりもずっと本山の性分を知っているに違いない吹野は、途端に罪悪感に囚われたのか、引っ込めたスマホを握り締める。やがて溜め息を零《こぼ》した。

画面に指で触れる。

『開演前に人に話しかけられた』

館原は息を飲んだ。

『ロビーでプログラムを見てたら、どこでもらったのか女性に訊かれて。早口だったから、唇の動きがよく読めなかった。それで僕はスマホで訊き返した』

吹野は、おもむろに問い返したりはしなかっただろう。

前置きに告げたはずだ。

——耳が聞こえないと。

『その後、彼女たちが言ってたんだ。耳の不自由な人が来る意味あるのかって。席がもったいないって』

館原は一瞬にしてカッとなった。テーブルを叩きつけたいような衝動。顔色を変えたのを見逃さず、指先でテーブルを打って注意を引いた吹野が首を振る。

『悪気はない。僕には聞こえてないと思ったんだよ。彼女たちの座ったロビーの向かいの席は、離れてもいたしね』

吹野はリビングへ向かう戸口のほうを指差した。それくらい離れているという意味だろう。

「距離は関係ないだろ、そんな暴言、許されるわけがっ……」

『関係はある』

「え……」

『今の話、本当だと思うか？　本当に、僕に唇の読めた距離だと？』

「……どういう意味？」

戸惑う館原は、もう一度戸口を見た。

判らない。人の唇の動きをそういう意識で見た経験がない。

『帰ってから思ったよ。被害妄想だったんじゃないかって。彼女たちは確かに僕を見てなにか言ってた。少し笑ってたし、呆れられたような気もした』

でも、それが現実だったか判らなくなったと吹野は薄く笑った。

自嘲的な微笑み。

『苦手なんだ、人の多いところは。うるさいから。僕の中から、たくさんのうるさい雑音が湧いてくる』

——ここは静かでいい。

吹野は出会ってすぐの頃、そう言った。都会の喧騒《けんそう》なら、耳で聞こえずとも肌で感じるとさえも。

耳が聞こえない分、研《と》ぎ澄まされ高まるのは視覚でも嗅覚《きゅうかく》でもなく、迷妄《めいもう》だというのか。自分を救うのではなく、ただ傷つけるだけの無用な過敏さとして。

うるさいのは、外ではなく内。

『そんな憐れむような目で見ないでくれないか』

「べ、べつに憐れんでなんか……今の話にどんな顔しろって言うんだよ。ヘラヘラ笑えないだろ」

『そうだね』

「吹野さん……なぁ、喋《しゃべ》らないのもそれが理由？　本当は話せるし、そのために……大変な思いだってしてきたんだろう？　いろいろ……そのスマホの文章だって」

吹野はスマートフォンに視線を落とした。

バラバラのピースのように知り得た吹野が、館原の中でも形になろうとしていた。単語を並べて意味を成す手話のように。

『夜』と『挨拶』で、こんばんは。

では、『声』と『沈黙』は。『覚えた口話《こうわ》』と『失くした表情』では。

吹野は、どうして被害妄想が逞《たくま》しくなったのか。

『昔の話だ』

「昔じゃない。ちっとも昔になってないだろ。だって、今ここにあんたいるじゃないか。あんた、たった一人でこんなとこで暮らしてっ、それ今の話じゃないのかよっ？」

血色の薄い唇に、ふっと笑みが浮かんだ。

『軽井沢はいいところだよ。僕はここの暮らしに満足している』

多くの人の憧《あこが》れの土地だ。

爽《さわ》やかな深緑、美しい紅葉。うららかな森の空気に包まれ、湖畔《こはん》でボート遊び。文人たちも愛した別荘建築に時も日常も忘れ、さぁここではないどこかへ。ロマンティックも美食も、すべてがこの街では揃う。

けれど、吹野は幸せそうではない。

そう見えないのだ、どうしても。

「吹野さんっ！」

吹野は立ち上がった。行ってしまうかと思いきや、こちらを振り返り手招いた。

この家は広い。勝手にうろつく気はなく、入ったことのない部屋はいくつもある。

ついてくるよう促《うなが》され、館原が案内されたのは一階の階段裏に位置する扉の前だった。吹野が出入りする姿も見た覚えのない部屋だ。

「ここって……」

明かりが灯《とも》って目を剝く。

広さに対し、小さな二重窓。片面の壁には大きなスクリーンと、天井まで届く圧倒的な存在感の無垢材《むくざい》のスピーカーが左右に並ぶ。

リスニングルームだった。

『祖父母も両親も音楽が好きでね。この別荘は、特に祖父の拘《こだわ》りで建てたそうだ』

立派なのはオーディオ設備だけでなく、壁に埋め込まれた棚もだ。ＣＤからＬＰまでぎっしりと並んでおり、一部は飾り棚にもなっている。

館原の目は、ヴァイオリニストの棚に引かれた。

「ハイフェッツの全集……ヌヴーやハシッドのＬＰ盤まで」

『たまに来る父が、今もコレクションは増やしてる。実家のオーディオルームが溢れると、こっちにね』

コレクションを見るに、クラシック好きな一家なのは間違いない。取り分け弦楽器が好きなようだ。

つい興味を引かれて眺めていると、目的は部屋を見せることではないらしい吹野が、ガラス窓のない収納扉を開けてなにかを取り出す。

小ぶりの楽器ケースの中から出されたのは、子供用のヴァイオリンだ。

吹野は軽くネックを左手で持ち、鎖骨《さこつ》の上辺りにヴァイオリンを載せた。

「え……」

極《ご》自然《く》な動作だった。

弓の持ち方も。上《あ》げ弓《ゆみ》での音の鳴らし方も。まったくの素人《しろうと》は通る音を鳴らすことも難しく、また触れる機会もない楽器だ。

「吹野さん、ヴァイオリンを習って……」

『上手く鳴らせた？　調弦《ちょうげん》はできないけど』

楽器をテーブルに置き、再びスマホを手にした吹野は応《こた》える。

『まだ始めて一年にもならなかったらしい。でも、構えだけはなんとなく体が覚えてるみたいで』

館原は気づかされた。

『響《ひびき》』という名前。やけに音の広がりがいい、演奏に適したリビングルーム。

運命の悪戯《いたずら》でも、ただの偶然でもない。

『昔は音楽好きの人たちで楽しく集まって、この家で演奏会をやってたそうだ。父はいずれ僕も加わるのを期待していたようだし、三歳まではたくさん聴いてたんじゃないかな』

「俺を見てると思い出せそうな気がするって言ってたのは……だからなのか？」

吹野は頷いた。

けして声にすることはなく、静かだ。ヴァイオリンをケースにしまう仕草も丁寧で、耳が聞こえていないとは思えないほど、吹野が音の立て方に常に気を遣っているのを感じる。

それもすべて、違和感なく人といられるよう身につけた所作なのか。

この世界に馴染むために。

「吹野さん」

振り向かせ、訴えるように両腕を捉えた。

「俺も……俺も、吹野さんといると思い出せそうな気がした。ヴァイオリンを弾き始めた頃のこと、音楽がただ楽しいだけだったときのことも」

あまりにも昔で思い出せない。

ヴァイオリンに初めて触れた日のこと。たくさんの楽器の中で、自《みずか》ら選んだときのこと。

『それが、君がここに居たがった理由?』

「最初はたぶん。今は……」

『僕は君のヴァイオリンが好きだよ。たとえ聞こえなくてもね。直接観《み》てみたいと思えたくらいに』

「俺も、俺はあんたが好きだ」

吹野はヴァイオリンだと言ったのに、どさくさに紛《まぎ》れて告白をしていた。

抑《おさ》えきれずに、膨《ふく》らませた想いが零れ落ちる。どんな反応も見逃すまいと館原が向けた視線から、吹野は逃れるようについと目を逸《そ》らした。

『館原くん』

心臓が馬鹿みたいに跳ねた。

スマホでも名字でも、呼ばれたのは初めてだった。

『君のヴァイオリンを見てると胸騒ぎがする。心がざわつくんだ。うるさいのは嫌いなのに、僕はそれが嫌じゃなかった。君はすごい人だよ。君は才能に溢れてて、とてもきらきらして見える』

吹野が一字一句言葉を選び、布に一目ずつ描くステッチのように綴《つづ》るのを、祈るような思いで館原は見ていた。

指先が自分への気持ちを語るのを。自分への賛辞を贈るのを、たぶん菓子よりも甘い期待に変えながら見つめていた。

『だからほんの一時のことで、自分を見失わないでくれ』

だから、より失望は深くなった。

「……見失うってなに？　俺がなにか間違おうとしてるとでも？」

『君とは住む世界が違う。僕はこの家の刺繍《ししゅう》みたいなものだよ』

「……刺繍？」

『そう、あってもなくても変わらない。この世界の暇潰《ひまつぶ》しだ。きっと神様も片手間の暇潰しに作ったんだろうって、ときどき思う』

「なにふざけたこと言って……そんなこと言ったら、音楽だってあってもなくても構わないものだろ」

この世の大半はそうだ。必然なものは、現代を生きる上ではそう多くはない。

なのに、吹野が本気で言っているのが判った。

『君の音楽で人生が変わる人もいる』

「あんただって、俺を変えてんだよ！」

『いなかっただろうからね。僕みたいな人間は、これまで君の近くには』

「だから興味を引かれたとでも？」

『君は優しい人だよ。君自身が思っているよりずっと』

「なに、今度は同情説？　勘弁してくれよ。俺はそんなお綺麗な人間じゃない。俺は、自分が欲しいと思ったもの、認めたものしか興味がない！」

まるで売り言葉に買い言葉。勢いよくスマホに入力し続けていた吹野の動きが、突然止まった。

なにか書いたにもかかわらず、見せようとしない。覗き込もうとした館原は、背《そむ》けられる気配に思わずその手からスマホを取り上げた。

眩《まぶ》しく白い画面。読みやすいけれど、無味乾燥にも映る機械の並べた文字。

『君は僕がろう者だから優しい』

吹野が綴ったのは、自身さえをも傷つける言葉だった。

館原は無言で見据えた。

まるで自傷《じしょう》行為だ。こんな文を書いてまで、受け入れられないというのか。

衝動的に傍《そば》の黒革のソファへ、吹野のスマートフォンを放った。『あっ』となって取り戻そうとする男の腕を引っ摑んで、ぐいと力任せに引き戻す。

「これでも俺は優しいって？　あんたが耳が聞こえないから、特別扱いしてるとでも？」

館原は震えた。

自分は、どんなにか今醜《みにく》い顔をしているだろうと思った。誰より軽蔑《けいべつ》されたくはない人に悔しい顔を晒《さら》して、どこまで欲しいものが手に入らないと駄々をこねるつもりだろう。

「聞こえない？　どうでもいいよ、そんなの。正直めんどくさいって思ってるだけだ。ちょっとめんどくさいけど……あんたなら、それもまぁいいかって。あんたのためならっ……」

スマホを取り上げられた吹野は、不安そうな目をしていた。

心許《こころもと》なげに眸《ひとみ》を揺らす男にせがむ。

「なんか言えば？」

揺れているのは吹野ではなく、本当は映す自分のほうなのかもしれない。

ゆらゆら揺れる。暗がりを見つめる子供のように、ぶるぶると震えている。

「答えろよ、本当は喋れるんだろうっ？　言えったらっ！」

——頼むから、聞かせてほしい。

求めるあまり揺さぶる手を、吹野はバッと振り解《ほど》いた。容姿は儚《はかな》げでも、その奥に芯《しん》の強さの垣間《かいま》見える二つの眸が自分を捉え、深く強く見据えてくる。

吹野は手話で応えた。

開いた親指とほかの指を閉じながら突き出された右手。こちらを指す指先。忙《せわ》しなく動く両手は、まるで激しく叩きつけるような素早さだった。

「え……なに？　もう一度……」

早過ぎて、館原はなにを言われたのか判らなかった。リピートを求められた吹野は、矢継《やつ》ぎ早《ばや》になにかまた新しい単語を繰り出す。

「そうじゃなくて、さっきのっ……」

手話にも感情があるのだと、ただ判った。

声音のように、喜びも哀しみも。

怒りさえもが、その手から迸《ほとばし》る。

吹野の手の放つ声なき声を、館原は受け止めきれずに打たれるがままだった。


「……世界」

自分の部屋で飛びつくように手話の本を捲《めく》った館原は、両手で形を試した。

吹野が使った単語を一つ一つ探り、並べる。

「君は、世界……君の世界？」

何度も『君』と指を差されたのだけは、その場でも判った。相手を示す基本的な動作だ。

「君はもう、君の世界に帰れ」

単語の組み合わせから、吹野の伝えようとした文を構築した。

「……明日、パンは焼かない」

ミモザのカバーのベッドの端に腰をかけ、開いた手話の本へ視線を落とした館原は、乾ききった笑いを零した。

「……はは、遠回しな表現、手話でもできんじゃないか」

手話は婉曲《えんきょく》表現が難しい。単語数も多くはない手話で、日本語特有の持って回った表現などしている余裕はない。それゆえに言葉が直球になりやすい聴覚障害者は、ズケズケとした物言いの遠慮のない人と誤解されたりもするという。

——明日にでも帰れってことか。

しばらく放心した。

リスニングルームを出て行った吹野は、寝室に籠ったままだ。手話なんて判らなかった振りもできると姑息《こそく》に考える一方で、帰るべき時がきたのも理解していた。

何事にも潮時《しおどき》はある。これ以上居座るのも、限界ということだ。

深い根など、どこにも生やしてやしないヤドリギ。クローゼットの荷物は、滞在の間にあれこれと増やしたつもりが、纏《まと》めてみれば瞬《また》く間に一つになって未練がましい背中を押す。

なにかやり残したことはないかと部屋を見回し、自分の存在理由を思い出した。

館原はブルゾンを羽織《はお》り、階下に下りた。キッチンの裏口から薪《まき》小屋に出る。

薪は無理をしない範囲で毎日割っており、着実に備蓄は増えているものの、まだまだ太すぎる丸太が大量に残っている。一冬を越すには全部割る必要がある。

館原は迷いなく斧《おの》を手にした。

吹野のために、やり残したくはなかった。

夜はもう冬の空気だ。風を通さないとはいえ、ナイロンのブルゾンでは辛い寒さだったけれど、それも体を動かすうちに判らなくなった。麻痺《まひ》したのかもしれない。

カン。カン。リズムよく斧を振り下ろす。

薪を割る。新しい薪を置く。また斧を振りかぶる。ただそれだけの繰り返し。静寂に包まれた夜の森へとこだまし反響する音は、朝や昼とは比較にならないほど大きく響くけれど、吹野が薪割りに気づくことはない。

開かない窓。

寝室は二階の角だ。格子窓《こうしまど》の明かりを、館原は振り仰《あお》いだ。

——優しさなどではない。

自分が吹野の目に優しく見えた瞬間があったとしたら、それは単に自分がそうしたかったからしたまでだ。

吹野の傍は居心地がよかった。

自分の割った薪で暖《だん》を取る姿に頬が緩《ゆる》んだ。居眠りをすればブランケットをかけてやりたいとも思い、気を許されていることを好意の表れだと信じたがった。

本当は抱きしめたかった。何度でも触れたかったし、寝顔にもキスをしてみたかった。そんなやけに初々《ういうい》しくも生々しい思春期みたいな欲望に苦笑いしつつ、隣にただじっと座って暖炉の赤い薪を見つめるだけの時間を、何物にも代えがたく思い始めていた。

「……なのに、卑屈なことばっか言いやがってっ」

吹き飛んだささやかな幸福を、自ら粉々にでもするように斧を振り下ろす。

あれほど卑屈な人間だとは思っていなかった。

自分の感じていた吹野は違う。ひ弱そうに見えても強くてしなやかで。それが上面《うわつら》だけのものだったとは思いきれない。

本来の吹野は、障害を撥《は》ね退《の》けられるほど凛《りん》としていたからこそ、並外れた努力もできたんじゃないのか。ほかの誰とも変わりないと信じて。

「はっ……くそっ……」

せめて、薪割りの音が届けばいいのにと思う。もしもこの音が、僅《わず》かでも届いたなら、どんなに呆れられても騒いでもここにいさせてくれって頼む。

館原は願懸《がんか》けのように祈った。

無理だと判っていながら、なにかに縋《すが》らずにはいられなかった。

一瞬でも気を抜いたら凍える夜気を感じつつ、同時に背中に浮いた汗を覚える。

何度も背後を振り返った。開かない窓を仰いだ。暖かな色の光に満たされているのに、冷たくも淋しく映る窓辺を。

吹野は気づかない。

けして、窓が開くことはない。

薪を一つ割るごとに思い知らされる。

ガッと鈍《にぶ》く不快な音が斧の刃先で立った。丸太にめり込んだまま動かなくなった重たい斧を抜こうと足掻《あが》くうち、自分の内から堪えきれなくなったように熱が零れた。

温かな雫《しずく》が、斧を握る右手を打った。ぽたぽたと、次々と。両目から零れて、冷えて乾いた手や、薪割りの台の切り株を濡らした。

「はは……なんだろ、これ……やってらんね」

抜けない斧を放り出したくなる。

叫び出したいほどの苛立ちと焦燥《しょうそう》。いつもは器用に動く左手で、館原はぎこちなく顔を拭《ぬぐ》い前を見据えた。

——暗い。嘘みたいに真っ暗だ。

黒く塗り潰したような森には光も音もない。

叫んでもどこへも届かず、答えなどけして返らない。

見つめる闇に思い知った。

だから、吹野はこの世界を諦めたのだ。

ガラス張りのエレベーターからは、青空の下に広がる密集したビルの街並みが見えた。午後の日差しにギラつく眺めは、まるで季節が逆戻りしたかのようで、地上の熱を感じる。実際、街路にはまだ色鮮やかな銀杏《いちょう》が並び、歩道は一時も休む間がないといった具合にあくせくした人々が行き来する。いつもの東京の秋だった。

乗った瞬間、むわりとした熱気さえ感じた箱の中で、館原《たちはら》は西上《にしがみ》からの電話を受けた。

もう十一月も下旬だ。

『ようやく電話に出てくれたわね』

これまでの恨《うら》み辛《つら》みを噴出させたいのを、ギリギリで堪《こら》えているような声だった。下手に刺激して、また逃げ隠れされても困ると言ったところだろう。

「一応、まだ今月は十日残ってる」

『メールしたとおり、先方は来週を希望よ。館原くん、今どこなの？　まさか、海外なんて言わないでしょうね』

「すぐ近くにいるよ。こっから見えそうな距離。西上さんの怒った顔も見えるかも」

ちっとも笑えないというように西上は沈黙し、館原は素直に説明した。

「本当だよ。後で事務所にも寄ろうと思って、今……クリニックを出たところなんだ」

『病院？　どこか具合でも悪いの？』

「肩を痛めた」

『はっ？　え、肩っ⁉　ちょっと、あなたなにやってるのっ⁉』

まるでアスリートが故障でもしたような慌てぶりだ。実際、手指ほどではないにしてもヴァイオリニストにとって肩は大事で、自己管理がなっていないと叱咤《しった》されても反論できない。

しかも、夜通し薪を割って痛めたなどと、言えるはずもなかった。

改めて重労働なのを思い知った薪割りは、大量となると予想以上に手こずり、夜も明けそうなほど遅くまでかかった。

我を忘れた夜。やっぱり、恋愛が音楽に役立つなんて説はクソだ。

結局、吹野《ふきの》は窓辺に姿を現わすこともなく、翌日の午前中の内に館原は家を出た。

吹野は引き留めなかった。

それきりだ。

三日が過ぎた。

「肩は痛みが取れるのに少し時間がかかりそうだけど、まぁ問題はないって言われた」

『そうなの？　だったらよかったけど……』

「西上さん、ごめん。この一ヵ月、勝手なことをして悪かったと思ってる」

『え……』

スマホを耳に押し当て、館原はまもなく地上に着くエレベーターのガラス壁に背中を預ける。本音だった。

三日前の晩、嵐みたいに心が荒れまくったときには、もう吹野以外はどうでもいい気がして、肩のことも考えずに斧を振り上げていたのが、今はとても冷静で凪《な》いだ気分だ。

『じゃあ、来週の面会は……』

西上にしては珍しい弾《はず》む声に応えた。

「面会はしない」

エレベーターの扉が開く。電話の向こうが『はっ?』と凍りついたのを感じながら、館原は歩き出す。

「代わりにクリスマスに演奏会をやる。あの病院で、エルム高原療養所だっけ? たしか中庭があっただろう? あそこで病院にいる人は誰でもただで観られるミニコンサートをやりたい。もちろんユーチューバーのハルキくんにも聴いてもらう。悪くないだろう?」

『あなた、正気?』

「ははっ、西上さんに正気を疑われる日がくるなんてね」

館原は目を細めて笑った。

「それで、提案があるんだ」

考えた。東京へ戻る新幹線の中でも、戻ってからもずっと。

吹野は諦めたのかもしれないが、まだ往生際《おうじょうぎわ》の悪い自分は諦めきれないでいる。

考え抜いた末の演奏会の内容を西上に告げると、まずは予想どおりの否定的な反応が返った。

『そんなの無理に決まってるでしょ。時間だってひと月しかないのに。だいたい、いくらかかると思ってるの』

「費用は俺が払う」

『……無理。どう考えても準備が間に合わない』

「今時どこでもやってる演出でしょ。クリスマス曲なら、既製品がいくらでもある」

『既製って……ポップスをやるってこと？　ジングルベルでも弾くつもり？　冗談じゃないわ、くだらない安売りしないで』

西上は論外だと言いたげだった。

ガチガチのクラシック畑の人間は、ジャンルを超えたクロスオーバーを嫌う向きがある。けれど、クラシカル・クロスオーバーの作品も扱う音楽プロモーターの西上が、自分に対してそんな意識を持っていたのは意外だった。

「じゃあ、厳《おごそ》かなミサ曲でもやって安らぎついでに居眠りしてもらう？　みんなが知ってる曲で楽しんでもらわないと意味がない。ＣＤの売上に繋げたいなら、間口を拡げるにもちょうどいいんじゃない？」

『でもっ……』

「だいたいユーチューバーにはしっぽ触れて、『音楽』にはしっぽ触れないってどういうことだよ」

『館原くん、あなた……本気でプロモーションやる気になったの？』

「もちろん。そこから疑われてたわけか」

館原は応えながら、エントランスホールの自動ドアを抜け、表へと出た。

相変わらず地上は騒がしい。ビルの谷間で見る青空は、急に高く遠退《との》いたように感じられる。

房状雲《ぼうじょううん》を薄く浮かべた、青き流れ。

高原の街へも続いているはずの空を仰ぎ、館原は駄目押しするように言った。

「ああ……それに、俺が弾いて安っぽくなるわけないだろう？」

深呼吸をすると、肺の奥までキンと冷えた澄んだ空気に満たされる。

暮れたばかりの空に雪の匂いを感じた。

天気予報の確率は低いようだけれど、ホワイトクリスマスになるのかもしれない。

「窓、閉めたら？　風邪引くわよ」

開いた窓辺に立つ館原に、部屋に入ってきたばかりの西上は、パンツスーツの身を震わせながら言う。

エルム高原療養所の二階に設《もう》けられた控室だ。空き部屋を提供してもらい、会場となる中庭を館原は見下ろしていた。開始予定の十九時にはまだ少し間がある。

西上の尽力《じんりょく》もあり、ひと月という限られた準備期間の中ではベストを尽くせた。

「この格好で演奏しなきゃならないんだから、慣らしといたほうがいいだろ？　降らないといいな。イブのロケーションとしては最高だろうけど、楽器が心配になる」

「降ったら屋内にしましょ。ボウタイ、歪んでる」

館原の蝶《ちょう》ネクタイに手を伸ばし、西上は母親のように甲斐甲斐《かいがい》しく直してくれた。

「どうも……まさか本当にここでタキシードを着るとはね」

「ブラックスーツで充分だったんじゃないの？」

「まぁそうなんだけど、クリスマスだし」

慰問《いもん》演奏とも言える小一時間ほどのコンサートだ。けれど、特別感を出すには、やはりタキシードだろう。

元々、クラシックの音楽家が燕尾服《えんびふく》やタキシード、女性がドレスを着るのも非日常感の演出だと思っている。

光沢《こうたく》のあるシルクの襟《えり》の黒いタキシードに蝶ネクタイ。ホワイトシャツは華のあるウイングカラーで、カマーバンドではなくベストを選んだ。演奏中は動きの妨《さまた》げにならないよう上着のボタンを外すので、結構目立つ。

着用し慣れた館原に照れはない。けれど、ルックスに嵌《は》まり過ぎるあまり、ステージ外では目を引くレベルを通り越し、女性はよく目を合わせてくれなくなる。

「なぁ、今日の俺の相棒は、あのクリスマスツリーで間違いない？」

ステージは中庭側で、テラスと室内の食堂が客席だ。観客の中心となる入院患者たちに、寒い思いをさせるわけにはいかない。

今はまだ人気《ひとけ》のないテラスには、並んだ椅子と、背丈より少し大きいくらいのクリスマスツリーの明かりだけが見えた。

寒そうに身を縮《ちぢ》ませつつ窓辺に並んだ西上は、ツリーを見下ろす。

「ええ、それにしても本当にジングルベルまでやるなんてね」

「牧師の作った世界的ヒット曲だよ。大バッハにも負けない」

「ねぇ、今日のコンサートって……」

テラス席を見つめた西上がなにか言いかけたところ、ドアを控えめにノックする音が響いた。

「どうぞ」

なんの気なしの返事をし、館原は現れた男に息を飲む。

「吹野さん……」

一ヵ月ぶりに見る姿。吹野はキャメルのコートで、冬らしくヘリンボーン地のマフラーをしていた。明るいホワイトグレーカラーが透明感のある肌によく合う。

目を奪われたままの館原に、西上はなにか察したのか、「ちょっと下の様子を見てくる」と言って入れ替わりに出て行った。

「あ……来てくれたんだ」

館原はぎこちなく笑み、吹野は真っ直ぐに近づいてきた。コートのポケットから、スマートフォンと白い封筒を取り出す。

『こんなものが届いた』

画面の文字と共に見せられたのは、送った招待状だ。

「ダウンで防寒対策してきてって書いといたのに。そのコート、ちょっと薄くないかな……吹野さんの席はあそこだよ」

窓越しの眼下を指差して見せる。

吹野の席は最前列、テラス席の真ん中だ。

よく確認しようともしない男は、画面に指を走らせた。

『君に返そうと思って来ただけだ』

驚きはなかった。

「一応訊いてみるけど、どうして？」

『僕に席を用意する必要はない。君の音楽が判る人が座るべきだ』

「あんたが返したからって、俺はほかの人に譲《ゆず》る気はないよ?」

無言の男は、文字を入力することもなく、館原のタキシードの胸元に封筒を押しつけてきた。無理矢理受け取らされ、苦笑いしか出ない。

「はっ、相変わらず強情《ごうじょう》だな。可愛げなさすぎ」

罵《ののし》られても吹野は表情一つ変えず、スマホに視線と指先を向ける。

出会ったばかりの頃みたいだと思った。マフラーに顎先《あごさき》の埋《う》まった顔が、その頃より痩《や》せて見えるけれど、気のせいかもしれない。

自分がいなくなり、吹野が落ち込んでいるに違いないと思いたいがゆえの錯覚。

長文を書き終えた画面を見せられる。

『お礼も言おうと思っていた。薪割りをありがとう。いつの間に全部すませてたんだ? 君が帰ってから、小屋を見てびっくりしたよ』

「妖精が現れたかと思っただろ? 俺のことはトントゥって呼んでもいいよ」

『フィンランドの妖精?』

「そう、クリスマスに現れる」

館原はふっと表情を緩めた。

なんだかひどく懐かしい会話に思えた。吹野と過ごした日々が、あの美しい夜が遠い昔のように思える。他愛《たわい》もなかったはずの会話が、特別なものへと変わる。

懐かしさと、寂しさへ。

『じゃあ、いい演奏会になるといいな』

未練も名残惜《なごりお》しさも、まるでないかのようにするりと出て行こうとした男が、ふと足を止めて振り返った。

コートの内ポケットからなにかを取り出す。

「え、なに……」

白い布はハンカチかと思いきや、サテンのような光沢があり、楽器を拭《ふ》くクロスだった。

『忘れ物だ。ベッドの下に落ちてた』

「ああ、あのときの」

まだホストの振りをしていたとき、ヴァイオリンを慌てて隠そうと、ベッド下にケースごと滑り込ませたことがあった。たぶんそのときに落としたのだろう。見当たらず、別のクロスを使っていた。

「吹野さんっ！」

そのまま去ろうとする吹野に、館原は慌てた。

呼びかけても聞こえない。

振り返らない背中を戸口まで追いかけ、その腕を摑んだ。

「吹野さん、待ってっ……ここじゃなくていいから聴いてくれっ！」

瞠《みは》らせた男の目に、どうにか言葉を映し込もうと繰り返した。

「頼むからっ、聴いてほしい。それでもし……もしも、あんたにも音楽が聴こえたら考えなおしてくれるか？」

唇を動かす。吹野の目は見ていた。

自分と、自分の言葉を。

「俺とあんたに違いなんかないって、同じ世界にいるって認めてくれよ」

吹野は薄い肩を竦《すく》ませる。捉える腕から、言葉から逃げようとする男は首を振った。表情を歪ませた顔を左右に強く振り、それから右手も上下に振った。

耳の傍でひらひらさせ、自身を指差した。

——聞こえることはない、僕には。

「吹野さん……」

するりとコートの腕は解《ほど》けるように抜け出し、足早に廊下を去っていく。遠退く足音と、自然と閉じたドアの前に、館原は放心したように立ち尽くした。

「館原くんっ！」

バッと扉が開いた。

ノックもせずに戻ったのは西上で、吹野と擦《す》れ違ったらしかった。

「ちょっとあの人、帰ったわよっ？　よかったの？　あなたが呼んだ唯一のゲストでしょ？」

私事《しじ》で西上が慌てるなんて珍しい。

「ああ、いいんだ。どこかで聴いてくれる」

「どこかって……」

扉を開ける度《たび》に部屋を吹き抜ける冷たい風に、西上は急ぎ足で窓を閉めに向かい、館原は中央のテーブルのヴァイオリンケースの前に立った。

しまおうとしたクロスをふと開く。微かな汚れもなく、洗ってくれたのを感じると当時に、角《かど》にあるものに気がついた。

白地に白い糸。無地のただの正方形の布だったはずのクロスに丁寧に縫いつけられた、四葉のクローバー。以前、吹野が注文のサッシュベルトに添えていた刺繍と同じだった。

真っ白なクローバーを、館原は見つめた。

身動きもできず、声も出せず。

「館原くん?」

怪訝そうな西上の声に我に返ると、ただのクロスを上着の胸ポケットに押し込み、ホワイトチーフに変えた。

あのときの吹野の言葉が頭を過《よ》ぎった。

『幸運をね』

コンサートが始まる時刻には、テラス席も食堂も人でいっぱいになっていた。寒いオープンテラスは、外から招いた健康な客が中心で、西上が呼んだに違いないマスメディアな匂いのするカメラ片手の者もいる。

この療養所は、比較的症状の安定した長期の入院患者が多い。クリスマスは自宅に帰ったり、面会で忙しいのかと思いきや、平日なこともあり帰宅者はほとんどいなかった。

一般家庭がパーティだケーキだサンタクロースだと浮かれる中、寂しい思いをしている子供もいると聞き、イブを選んだのは正解だったと思った。

西上の目当てのユーチューバーのハルキも、そうした一人かもしれない。ネット越しにいくら支持されようと、子供は子供だ。ここが彼の現実世界だ。昼間会ってみて、ますますそう感じた。

車椅子の彼は母親に付き添われ、食堂の窓際にいる。音が届くよう、壁を取っ払ったように窓はすべて開いているけれど、ありったけのストーブが食堂の客席の前には置かれ、大きなキャンドルかランタンのようだ。燃える炎が赤く映る。

館原はハルキに向けて片手を上げて見せ、ステージに上がった。

中庭のややテラス寄りの中央。暗がりにスポットライトが放たれようと、そこは一人。たとえ、バックにオーケストラがいるステージであっても、ソリストはいつも一人みたいなものだ。

ヴァイオリンを相棒のように言われることもあるけれど、楽器を相棒だと思ったことは一度もない。歯ブラシだと言ったら引かれるだろうから、インタビューで訊かれたら決まって答えていた。

体の一部だと。

「今日はお集まりいただき、ありがとうございます。急なお願いながら、快《こころよ》く協力してくださったエルム高原療養所の方々に感謝いたします。それではイブのひと時、クリスマスの音楽をお楽しみくださいい。すべての方へ」

挨拶をすませた館原は、左手のヴァイオリンを鎖骨の辺りに載せる。

右手の弓で、テラスの傍《かたわ》らの白いクリスマスツリーをすっと真っ直ぐに指した。

「ようこそ、光とヴァイオリンのコンチェルトへ」

指揮棒《タクト》のように弓を大きく振るう。

ツリーから中庭へ。

光の輝きを、ハルニレの木々へと。

療養所の名のエルムは、ハルニレの通称だ。観光客の多いライトアップされたスポットと同じく、この庭も落葉樹のハルニレが囲んでいる。演出用のＬＥＤ電球を根元から枝先まで施《ほどこ》した木立《こだち》は、館原の弓を合図に、まるでツリーの輝きが次々と移り灯ったかのように夜空の元で眩《まばゆ》い輝きを放った。

客席から歓声が上がり、マジシャンにでもなった気分だ。なかなかに気持ちがいい。

そのまま演奏に入る。誰もが知る、十二月に聞こえてくると幼心に胸をワクワクさせた曲から。ジングルベル。冒頭は主題をシンプルに、滑《なめ》らかに追う。

そして、変奏へ。

ジングルベル変奏曲だ。

半音階で煌《きら》びやかに、早いパッセージで眩《まばゆ》く軽快に。

ただ主旋律《しゅせんりつ》を追うだけでは、華やぎもヴァイオリンである楽しみもないと、アレンジを施《ほどこ》した。

館原はこれまで、積極的に編曲や作曲をやりたがるほうではなかった。嫌っているというよりも、すでに隙なく完成されたものに敬意を払い、観客の求めるカタルシスに応えることに意義を覚えてきたからだ。

しかし、ジングルベルはヴァイオリン曲としてのイメージは薄い。自由がふんだんにある。

西上に確認したツリーが相棒というのも、誇張ではなかった。観客に背を向けるわけにはいかない。背後のハルニレを見ずに演奏する館原の、光の指標となるのが同調した傍らのツリーだった。

あらかじめ曲に合わせてプログラミング制御された光。イルミネーションの点滅パターンに合わせ、旋律を紡《つむ》ぎ出す。

館原は光り輝くツリーを見つめ、ヴァイオリンを奏《かな》でた。歌うように躍る光との掛け合い。さながらオーケストラとの協奏曲《コンチェルト》のように。ときに愛らしく、ときに荘厳《そうごん》に。呼吸を合わせ、タイミングを計り合い、主題《メロディ》に様々な煌めきと色を加える。

ツリーの閃《ひらめ》く全灯《ぜんとう》に、強拍《きょうはく》からのシンコペーション。ツリーの細かな明滅《めいめつ》に、トレモロあいはトリル。音を光のリズムに合わせて震わせる。

輪のような光がハルニレを舞う。

地上から夜空へ向け、光と共に駆け上がる。

鈴の音を意識した左手のピチカート。

ふと身を傾《かし》げた館原が、習《なら》い性《しょう》のようにヴァイオリンを向けたのはテラスの中央の空席だった。昼間、館原自身が置いた予約席を示すカードはそのままだ。

吹野は戻って来てはいない。けれど、もう空席一つに心ここに在《あ》らずで惑わされたりもしない。観客は吹野だけではないのだ。見知らぬ顔ぶれであっても、名も知らない聴衆《ちょうしゅう》であろうと、席の一つ一つに思いがある。座ってくれた訳がある。

そんな当たり前のことを、知らず知らずのうちに忘れかけていたのかもしれない。

光の演出を強行したのも、吹野のためだけではなかった。この療養所には、訪問相談員が立ち寄っているとおり、ほかにも耳の聞こえない人がいるはずだった。

どうか、すべての人に音楽を。

曲想を緩やかなアダージョへ。次の曲へと繋げるために、柔らかに終結させる。

二曲目は『ホワイトクリスマス』、三曲目は『シューベルトの子守唄』。館原は子守唄といえば『トロイメライ』だと思ったけれど、西上が日本人ならシューベルトかブラームスだと言い張るので、シューベルトに賭けた。

選んだ曲目は、すべて物心つく前から誰もが聴いていそうな曲ばかりだ。

呼び覚ましたかった。

あの日の『鱒《ます》』のように、吹野の頭の中にも音楽を。

光の力を借りて鳴らすと誓った。

どうか、神様。音楽の神様でも、八百万《やおよろず》の神でも、キリストでもサンタクロースでもなんでもいい。もう一度、聴かせたい。響かせたい。彼があの小さなヴァイオリンに触れた頃に聴いた曲を、音を。儚くも力強いその輝きを、思い出させてほしい。

——どうか、もう一度。

彼が、心から笑えるように。

いつかの真っ直ぐな、きらきらした思いを取り戻せるように。

夜空に立ち上る光。きっと遠くからでも見える。

どんなに遠くとも、空も海も繋がっている。どんなに色を違《たが》えても、一つであることに違いはない。

南国のラグーンと、都市の港湾の海の色。

吹野と自分、どちらが美しいラグーンで、どちらが淀《よど》んだ海なのか。きっと、どちらもそうで、どちらもそうではない。

——同じだ。

同じなんだよ、吹野さん。あんたも俺も。

みんな同じ。淋しくて美しい。脆《もろ》くて逞《たくま》しい。だから、あなたが『幸運』を胸にくれたように、自分にも贈らせてほしいと願ってる。


「片づけなんて、後でもいいんじゃない？」

テラスに並んだ椅子を畳《たた》んでいると、西上が呆れたように声をかけてきた。

短いショーの後。全部で六曲のコンサートは予定通りに終了し、大きな歓声と拍手をくれた客たちもそれぞれの部屋や居場所に戻って行った。

『今夜は興奮して眠れそうにない』と嬉しい感想をくれたハルキも、とっくに病室へ館原自ら送った後だ。

「雪も降りそうだし、このままにするわけにもいかないだろ」

「だからって、それあなたがやらなくても」

これみよがしに寒そうにパンプスの足をウッドデッキで踏み鳴らし、カタカタと響かせる西上もついには諦めの溜め息をついた。

「はー、もう強情なんだから。私は付き合わないわよ、手伝いなら明日やるわ。早くホテルに帰りたいのよ」

「……西上さん？」

「本当に風邪引いてもらったら困るの」

肩にかけられた黒いコートに驚き、館原は振り返り見る。

控室に置いてきたはずの自分のコートだ。持ってきてくれていたらしい。

「ありがとう。ヴァイオリンを預けてもいいかな？」

「苦手なのよね。あなたのヴァイオリン預かるの、心臓に悪いから。明かりは消さないでおくわ」

西上は嫌がりながらも、すぐそこの窓越しのテーブルに置いた館原のヴァイオリンケースを抱えた。高すぎる価値のせいで緊張するという意味だろう。

明かりをつけておく意味はよく判らなかった。たしかに、クリスマスツリーもハルニレのイルミネーションも灯ったままだ。

樹木のＬＥＤ電球は明日から業者が外す予定で、時間をかけて設置したものだけに、小一時間ほどで消してしまうのはたしかにもったいない。

病室の窓からも楽しめるだろうし、まだ遠くからも見える。

館原は光の木立の指す夜空を仰いだ。

白いものがいつからか舞っていた。急にまともな感覚が戻ったように寒気を感じつつ、コートに袖《そで》を通して作業に戻る。畳んだ椅子を軒下《のきした》の壁際に寄せる。

気づけば、窓越しにも人の姿はなかった。夜も更《ふ》け、さっきまで食堂に残っていた数人もいなくなっており本当の一人だ。

強情に残りたがる理由を、自分でも判っていた。

諦めきれないのだと。ここを離れてしまえば、本当にショーは終わる。

もしかすると、西上にも感じ取られたのかもしれなかった。

何度目かの壁際との往復をすませたとき、カタリとした音が背後で微《かす》かに響いた。ウッドデッキの軋《きし》む気配に、館原は身を強張《こわば》らせる。外から庭を伝ってやってきたに違いない人影。なによりも待っていた瞬間にもかかわらず、すぐに振り返ることができなかった。

舞い降りた手の甲の上で解《と》ける雪の一片。

鼻を刺す冷たい空気。息を吐く度《たび》に白く染まる。気づけば黒いロングコートにも、雪は積もっていた。

「……しん…らっ」

声に震えた。

振り返る。

降りしきる雪の中に、キャメルのコート姿のままの吹野が立っていた。

「来ると思ってた」

館原は笑った。

笑ったけれど、すぐに振り返ることのできなかった理由は見られてしまった。泣き笑ったみたいな表情の吹野に。

「……おもっ……てだ、かお、じゃない」

「思ってた顔じゃない？　まぁね、そうかもな」

みっともなく溢れるものに、声まで上擦《うわず》りそうになる。近づく男に触れられた瞬間、コートの袖を摑まれただけで、張り詰めたものが切れたように館原はその場に泣き崩れた。

背中を抱かれ、抱き返した吹野の体は冷たかった。自分も。「ほらね、やっぱり同じだろ」と言いたいのに言葉にならず、そのままデッキに蹲《うずくま》り二人で抱き合っていた。

音のない闇の彼方から空を切るように現れる白い雪は、ハルニレの光を纏《まと》って舞い降りてきた。

刺《し》繍《しゅう》作家のヤドリギ

shishusakka no yadorigi

——長かった。

出国審査の一向に縮《ちぢ》まない列も、機体トラブルだとかで延びに延びた出発時刻も、苛立つ乗客たちの搭乗列も、なにもかもが長くてうんざりだったがようやく解放された。

ビジネスクラスの個室感のあるシートにゆったり身を委《ゆだ》ねる舘原《たちはら》は、小さな窓の向こうの空に眩《まぶ》しげに目を細める。遅延《ちえん》で日差しが夕焼けに変わろうとしていること以外は、シンガポールのチャンギ国際空港を発《た》った旅客機《りょかっき》は、高度一万キロメートルを順調に飛行中だ。

ようやく日本へ帰れる。

軽井沢《かるいざわ》へ戻れる。

住んでいるわけでもないのに、ずっと頭の奥に広がっていたあの森の景色。ホームシックにでもかかったように思い出された、大きな異国風情《ふぜい》の三角屋根の家。

なにより長く感じられたのは、吹野《ふきの》と隔《へだ》てられた時間だ。

最後に訪《たず》ねたのは二月の終わりだったから、もう一ヵ月半ほども顔を見ていないことになる。

それまでも毎週会えていたわけではなく、まとまった休みに至っては秋以来だ。

国内も海外も演奏生活は充実していた。アジアはクラシックが盛り上がりを見せているだけあり、シンガポールの聴衆《ちょうしゅう》は熱く、刺激的な演奏会になった。

とはいえ、そろそろ——いや、とうに限界だ。

エスプラネードホールの喝采《かっさい》のイメージは、飛行機のエンジン音にあっさりかき消されるほど遠い。

「もしかして、シンラ？」

軽井沢へ心を飛ばす館原は、うっとりと目蓋《まぶた》を落としかけハッとなった。

「……カイル？」

がっしりとした体つきの白人男が、通路を隔てた席からこっちを覗き込むように見ている。

カイル・ヴィシェット。あろうことか共演したばかりのアメリカ人チェリストだ。

今はシンガポールのオーケストラの首席チェロで、以前はアメリカ、ヒューストンのフィルに在籍《ざいせき》していた。アンサンブルで共演したこともあり、縁があるとは思っていたけれど、まさか帰りの飛行機でも一緒になるとはだ。

「やっぱりシンラか、嘘だろう！　奇遇だな、君も日本へ……いや、日本人だったな。それにしても偶然すぎるな、隣の席なんて」

「ああ、カイルはどうして日本に？　仕事で？」

「いやいや、旅行だよ。これからしばらく休みなんでね。バケーションさ」

「へぇ、俺もだよ。久しぶりにまとまった休みが取れたんだ」

一人で旅行に行くほどの親日家とは知らなかった……と思いきや、どことなくそわそわした様子の男は「実は東京に彼女がいるんだ」とスマホの画面を見せてきた。

黒髪のロングストレートが欧米人受けしそうな、なかなかの美人だ。小柄ながらスタイルもいい。

「綺麗な人じゃないか、いつの間に」

「そういえば君は？　恋人はいるんだろう？」

「いるよ。でも写真はない」

「一枚も!?」

「まぁ……付き合ってまだ日も浅いしね」

「どのくらい？」

「クリスマスからだから……三ヵ月半くらいかな」

恋人が同性であると誰構わず打ち明けるつもりはないけれど、本当に写真は持っていない。

カイルは交際期間など関係ないと言わんばかりの、憮然《ぶぜん》とした表情だ。

「はぁ、日本人らしいね」

なんとなくネガティブな意味で言われたと判ったけれど、突っ込んで通路越しに言い争うつもりも、気詰まりなフライトを過ごす気もないので軽く流しておく。

その後はシートのプライベート感も手伝い、するりとそれぞれの時間に戻った。

カイルが再び話しかけてきたのは、食事の時間だ。意外におしゃべり好きの男らしく、一回り年上とは思えないほど乗りも軽い。

「シンラの恋人ってどんな？　カワイイ？」

「可愛い系ではないかな……でも綺麗だよ。美しい」

「それは会いたかったな。成田《なりた》に迎えには来ないの？」

「はは、来ないよ」

「名前は？」

「……響《ひびき》」

中性的な名前から性別までは辿《たど》り着けないだろうと、打ち明けた。誰かに吹野について恋人として語るというのも新鮮で、ちょっと嬉しいむず痒《がゆ》さもある。

「ひび……意味はある？」

「んー、共鳴かな」

「わお、ヴァイオリニストの恋人にぴったりだ！　素敵な名前じゃないか」

「そういえば、そうだな。そんな風に思ったことはなかった」

無邪気にも思える男の反応に、単純にも気をよくした。吹野のとのささやかな繋《つな》がりに浮かれるのは、隔てられた時間が長すぎた後遺症かもしれない。

フライトは長い。度々《たびたび》お互いの恋人の話をするうち、カイルとは同志のような空気が芽生《めば》えてきた。滅多《めった》に会えない長距離恋愛で、日本へ着くのが待ち遠しい仲間だ。

連絡先まで交換し、ＳＮＳもいろいろやっているという男に『日本人はツイッターが好きなんだろ？　君もアカウントを作れよ、近況をお互い確認しやすい』と熱心に勧められ、『まぁ、気が向かなければやめればいいか』と軽い気持ちで始めることにした。

長い長いと思っていたフライトも、おかげであっという間だった。

飛行機は成田空港に無事に着陸。お疲れ顔の乗客たちと共に、楽器ケースを肩に下げた館原も、ようやくの思いで自国に降り立つ。

ホッとしたのも束《つか》の間、遅延のせいで日本は真夜中だ。入国手続きが手早くすんだところで、とっくに最終列車も出た時刻で成田から東京へ向かう足は絶《た》たれていた。

人気《ひとけ》も少ないガランとした空港は普段と違う表情で、取り残された感が漂う。到着ロビーをカイルが巨大なスーツケースをゴロゴロ言わせながら追いかけてきた。

「シンラ、タクシーに乗らないのか？」

「急いでももうこんな時間だし、臨時のバスが出るらしいからそっちでも……」

夜のうちに軽井沢に向かうつもりだったけれど、こうなると諦めるしかない。自宅に一旦戻ろうと決めたところ、カイルがカッと目を見開いた形相《ぎょうそう》で迫ってきた。

「まさか彼女のところに行かないつもりなのか⁉」

「え……」

「はぁっ、これだから日本人は！　僕は日本は大好きだけど、君らのそのクールさだけは理解できないよ。焼き立てアツアツのカップルがまるで倦怠期《けんたいき》じゃないか！」

——出来立てじゃないのか。

パンみたいに言われても困るが、口を挟む隙がない。ガクガクと体まで揺すられそうになり、肩のヴァイオリンを守るので精一杯になる。

「ようやく恋人に会えるんだろう？　そう長く傍《そば》にいられるってわけでもないんだろう？　だったらホットに過ごさないと！」

「あ、ああ……」

「僕は今すぐ会いに行くよ。彼女も待ってる。『ケツは熱いうちに打て』って言うそうだからね」

「それ、たぶん鉄……」

「彼女が教えてくれた日本語なんだ。彼女は日本人だけど素晴らしくホットだし、情熱的で僕は尊敬してる」

誇《ほこ》らしげに言われ、どうにも大きな声で訂正できない。

目を輝かせる男を前に、館原は否定する気も失《う》せ、つい圧倒されてしまった。


まだ東の空がぼんやりと色を違《たが》え始めたばかりの時刻。ガレージ前に停めた車から降り立った館原は、確かめるように森の空気を吸い込んだ。

見慣れた三角屋根の大きな家を仰《あお》ぐと、思わず独《ひと》り言《ご》ちる。

「やっぱりこうなるよな」

明かりのついた窓はどこにもない。

吹野には軽井沢に着くのは大幅に遅れると伝えていたから当然ながら、恋愛脳のアメリカ人に踊らされ、愛車に飛び乗り来てしまった。東京の自宅では、荷物を軽くまとめなおしただけの不眠不休だ。

吹野の寝室は薪《まき》小屋のある裏手で、一応回って確かめてみるも二階の格子窓《こうしまど》は暗い。

四月といえど、高原の軽井沢は冷える。昼夜の寒暖差は凍《こご》えるほどに激しく、どこかに入れる場所はないかと薪小屋の奥の扉のノブを回して驚いた。

キッチンへと続く裏口のドアは鍵がかかっておらず、難なく開いた。

いくら周辺の別荘からも離れた一軒家とはいえ不用心だ。かつて自分がこの裏口から泥棒まがいの侵入をし、フライパンで殴られそうになったことも忘れて危惧《きぐ》する。

二階に向かった館原は、吹野の寝室の扉をノックしようとして止めた。

叩いたところで吹野に聞こえはしない。

大人しくリビングで待つか、いつも使わせてもらっている客間で休むか。頭に思い浮かべた二択を他所《よそ》に、館原の右手は扉のノブを回していた。

帰国したばかりの足ですっ飛んできた『ホットな恋人』なのだ。断りがなくとも、一目顔を見るくらい許されていいだろう。

聞こえないと判っていても扉はそろりと開き、足音も忍ばせ、部屋の中央のベッドへ歩み寄る。角部屋の広々とした寝室の格子窓は二面ある。薄いボイルカーテンのみで、東側は朝焼けの始まりを感じた。

こちらへ背を向けた吹野の布団の膨《ふく》らみが、なだらかな山の稜線《りょうせん》のようだ。

「響さん？」

覗き込んで横顔を窺う。ぼんやりと見て取れた安らかな寝顔に、ホッと気持ちが和《やわ》らぐと同時に、これが現実だとも思った。

ベッドに片手をついても目覚める気配はない。恋人の帰国を待ち侘《わ》びた様子もなく、ぐっすりとお休みとは、さすがに拗《す》ねたくもなってくる。

いや、三角屋根を仰いだ時点ですでに拗ねていた。

——玄関先で抱きついて出迎えるとでも思ってたのか、この人が？

どうやら自分はまたもや頭がお花畑になっていたらしい。

花の種をせっせと蒔《ま》いてくれたカイルは今頃彼女とよろしく……とうにイチャつき終えて、ベッドで旅の疲れを癒《いや》している頃かもしれないが、こっちはつれない恋人を目の当《ま》たりにしただけだ。

「らしいけどさ」

吹野らしさを笑う余裕はない。

「……少しくらい、俺も癒されたっていい気がしてきた」

防寒の役目はほとんど果たさなかったスプリングコートを脱ぐと、ベッドの足元へかけ、あろうことか布団に潜《もぐ》り込む。

ちょっと添い寝でもして『癒される』だけのつもりだった。

最初のうちは。

布団の中は暖かい。吹野の温《ぬく》もりかと思えば、どうしたって意識する。いつもいい匂いのする、今は隅々まで知ったその体。吹野は『ただのシャンプーの匂いだ』と言うけれど、以前バスルームで確かめたボトルの匂いとはなにか違った。

離れている間も何度も思い返した香り。存分に嗅《か》ぎ取るだけでは足りず、館原はつれない背中に身を寄せた。

「響さん……なにしれっと寝ちゃってんだよ。あんたの大事な恋人がやっと帰ったってのにさ」

目覚めても聞こえないのをいいことに、不満を言葉に変えてみる。聞こえようものなら即座に反論されそうな言葉も、臆《おく》せず言えるのは幸いか。

——吹野と出会う前は、自分に臆すものなどなにもなかったけれど。

「……なぁ、俺急いで来たんだけど？　少しは褒《ほ》めてくれたっていいんじゃないの？　響さん、なぁってば」

溜め息が零《こぼ》れる。

布団に潜ってまだ間もないのに、ハアッと熱っぽい吐息。鼻先を髪に埋《うず》めた。後頭部から襟足《えりあし》へと。始めは遠慮がちに、すぐにも堪《こら》えきれなくなって右手も体に回しかけた。

細い項《うなじ》にそろりと唇を這わせると、パジャマに包まれた細身の体はヒクッと震える。滑《なめ》らかなシルク地のパジャマは、体温だけでなく微《かす》かな胸元の隆起《りゅうき》までもを館原の指先に伝えてきた。

幾度か掠《かす》めただけで膨れる小さな尖《とが》り。

相変わらず敏感だ。「んっ」と捩《よじ》れた身を抱きすくめれば、吹野はさすがに驚いて目を覚ました。

「おはよう、響さん」

「……っ……」

「あー……ただいまかな？　住んでるわけじゃないのに、それも変？」

侵入者が館原と判ってもなお、腕から逃れようとする。吹野の求める明かりもスマートフォンも、すぐ傍のナイトテーブルにあるけれど、この状況では遠い。

館原は長い腕を伸ばし、乳白色の花のようなガラスシェードのランプだけつけた。吹野が眩しげに目を瞬《しばた》かせ、照度を落とす。

「……な…んっ…れ……」

背後を窺う吹野の声は、寝起きで上手く言葉になっていない。

言いたいことは判る。

「なんでって……会いたかったから？　夜明けなんて待ってられないと思って」

左手も首元へ滑《すべ》り込ませるように回し、背中から強く抱き寄せれば、戸惑いの声が零れる。

「……しんっ…らっ」

ベッド以外では、未だに滅多に聞けない声。名前を呼べば、それだけでスイッチを入れてしまうのを吹野はどうやら判っていない。

いつだって飢《う》えている。

日頃出し惜しみして呼んでくれないせいだなんて責任転嫁しつつ、回した右手をパジャマの裾《すそ》から忍び込ませた。

「ひ…っ……」

あの小さな二つの膨らみを探り当てる。

長身の館原は指も長く、片手でも左右に触れられる。

ゆるゆると撫でて摩《さす》って、性感を高めた。

親指の腹と小指の先で、器用に乳首に転がすような刺激を与えると、吹野は腕の中で小刻みに揺れる。

「……ヒクヒクしてきた。気持ちいい？」

「……っ……んん……や……」

固く引き結びたがる唇を、左の人差し指でなぞる。

忙《せわ》しない呼吸に上下する胸から、するっと下腹部へ手のひらを這い下ろせば、唇に触れた指先に鈍《にぶ》い痛みが走った。吹野が反射で立てた歯が食い込み、次の瞬間にはもうパッと慌てたように解放される。

ヴァイオリニストの指だ。館原は気遣いに笑み、指の背で歯の先に触れた。

「いいよ？　本気で嫌だったら、噛みついて知らせて？　しばらく仕事は休みだし、思いっきり噛んでくれても平気」

「しん……らっ……」

聞こえない吹野に、どこまで真意が伝わっているか判らない。

たぶんなにも伝わっちゃいない。

「……嫌？　したくない？　こっちは満更《まんざら》でもなさそうだけど」

「……ぅん…っ……」

「ほら、これ……ただの朝勃《だ》ちじゃないでしょ」

確かめる素振《そぶ》りでパジャマのズボンを下ろせば、前はもうしっかりと兆《きざ》していた。

「……んっ……ふ…ぁっ……」

下着ごと剝《は》いで、中心に触れる。上向いた性器はヒクつき、先端をたっぷりと潤《うる》ませるほど快感に弱い。ピンと皮を突っ張らせたみたいに張り詰めている。

館原は巧みに動かすのが仕事の手で、浮かんだ滑《ぬめ》りをゆったりと上下に広げる。

「……ぁっ……や…っ……」

「すごく硬くなってる。先っぽ、いっぱい濡れてるよ」

ほんの少し前まで、夢の中だったとは思えないほど淫《みだ》らな体。

寝起きの身を強引に高められ、ぐずついた声を放ち始めた恋人に、どうにかなりそうなほど館原は興奮した。

弓のボウイングのように繊細《せんさい》な右手の動きに合わせ、普段は頑《かたく》なな男は啜《すす》り泣くような声を漏らし始める。

「ん…っ……ぁっ……ぁっ……」

最初はピアニッシモ。とろりとした先走りと共に、溢れ出す小さな喘《あえ》ぎ。吹野の響かせる切ない声は、いつも館原をひどく昂《たかぶ》らせた。

この『音』を聴いているのは世界中で自分だけだという優越感。

これからも、自分だけでありたいという焦燥《しょうそう》。

無意識に幾度も髪や項へのキスを繰り返す。高い鼻梁《びりょう》を埋め、唇を押し当て、愛《いと》しさのあまり熱っぽい吐息で肌を撫でる。

「あ…っ、あっ……」

感じやすい先端を中心に愛撫した。執拗《しつよう》に指を走らせ、先走りが止めどなく溢れるほど快楽で満たして啼《な》かせる。

裏の筋まで軽く引っ張るように刺激しながら扱《しご》くと、吹野の腰はガクガクと揺れ出し、堪《たま》らない快感を示し始めた。

「ん…っ、ん…ぁっ……こっ、そこ……や…ら…っ……」

「ここ？　こうするのが嫌なの？」

「ひ…ぁっ……」

「響さんの好きなとこでしょ？　ほらね、ぐっしょり……カウパーやばいな、シーツまで濡れちゃってるかも。前より敏感になってる」

「やっ、んん…っ……ぁっ、あっ……」

「もしかして自分で弄《いじ》ってたとか？　俺のこと、少しは思い出してくれてた？　俺にこんな風にされるの想像して……先っぽたっぷり苛《いじ》めて一人で楽しんでたの？」

聞こえないのをいいことに、引かれそうな言葉まで口走る。

聞こえないもどかしさと、同じだけの安堵感。大事にしたいのに泣かせたい。嫌われるのは怖いくせして、試してしまう。

「気持ちいい？　これ、すごくいいね？」

「……ぁっ、あ…ぁん……」

「ああ……響さん、いい声」

「や…ぁっ……らっ……しん、ら……め、だ…めっ……ら、め……も…う……」

懐《ふところ》に閉じ込めるように抱いた体が、ビクビクと背を撓《しな》らせた。館原の熱を帯びた腰を押し戻すように、吹野の小さな尻が激しく前後に振れる。

「もう、我慢できない？　射精、しそう？」

左手に触れる吐息が、熱くて速い。

館原は蕩《とろ》けるような声を、耳元へと吹き込む。

「感じやすい響さん、ホント可愛いな……可愛い……たまんない、好き……好きだよ？　なぁ、響さんは？」

返事はない。届いていないと判っていながら、問わずにはいられなかった。

いつも知りたいと思っている。

知るのが怖いと、思っている。

好かれている自信は今はそれなりにありながらも、仕事で離れている間に吹野が心変わりしていたらと、情けなくも不安になる。

そもそも、吹野はどれほどの熱量で好きでいてくれているのか。

自分と同じでなければ深く落ち込みそうだなんて、こんな恋は初めてだ。

「……し、んらっ……新、良……」

たどたどしく上がる自分の名前。

左の人差し指に濡れた感触を覚えた。吹野が自分の指の上で舌をひらめかせたと判り、一息に体温が上がった。

音は届かなくとも好きだと言ってくれるヴァイオリンを奏《かな》でる指を、吹野はぺろっと小さく舐《な》めた。

愛しげにキスをした。

唇を幾度も押しつけてくる。

「……煽《あお》りすぎだろ、もう。こんなの、我慢できないって……くそっ」

「あ…っ……」

腿《もも》の辺りで止まっていた吹野のパジャマを、下着ごと引き下ろして脱がせた。

背後から長い足を割り込ませる。館原が膝を起こせば、布団の中で心許《こころもと》なく高く浮かされた右足に、吹野は恥ずかしげに身を捩《よじ》った。

館原は先走りに濡れた指を、開かせた狭間《はざま》へ這わせた。

震える窄《すぼ》まりに触れる。

「……ん……や…っ……」

「ダメ、もうこっちもする……ね、挿《い》れさせて？」

「しん…っ……ら……」

「ちゃんと気持ちよくするから……響さん、したい……もう、欲しい」

「ふっ……ぁっ……」

ボトムの下のとっくに猛《たけ》りきったものを布越しに肌に押し当てると、熱を感じたらしい吹野は震えた。掲《かか》げた右足がもぞつき、意味をなさない心許なげな声が零れる。

「……さっきみたいに指、して……響さん、キス、ほしい」

「ん…んっ……」

小さく感じられる口に指を咥《くわ》えさせながら、後ろにもじわりと指を穿《うが》たせた。

吹野とはもう何度もセックスはしているけれど、挿入はいつも全身に蕩けるような愛撫を施してからだった。拒《こば》まれるのを恐れ、指の一本すらも、入れるのは吹野が快楽に右も左もわからなくなってから。

なのに歯止めが効かない。

効かせる気が最初はあったのも忘れ、まだ狭い場所を開かせる。

細い声で啜り喘ぐ吹野は、縋《すが》るように一心に館原の二本の指を深くしゃぶった。

吸いつく粘膜《ねんまく》に、甘い熱が纏《まつ》わる。

「……上手だね。指、響さんの舌で溶けちゃいそう。こっちは……辛くない？」

「んん…っ……」

強引に中を慣らされる吹野は、繊細な指使いにすぐにもしゃくり上げるほど感じ始めた。

「……ぁ…んっ……あっ、ふっ……ふ…ぁっ……」

少し張っているように感じられる前立腺を、回すように捏《こ》ねて啼かせる。どこをどうすれば望む声を吹野が上げてくれるか、求める反応を導き出せるか知っている。

長年連れ添った愛器のヴァイオリンのように、顎《あご》当てもネックの感触も違和感の一つもなく、艶《つや》やかな音色はすべて自分のもの。

すっかり馴染んだかのようだ。

少なくとも、体だけは――

切なげに吸いつくようになったアナルから、指をズッと抜き取る。

吹野の体を仰向《あおむ》かせ、眦《まなじり》を涙に光らせた男の顔を覗き込んだ。

「響さん、だめ？」

「……しん…ら…っ」

身を竦《すく》ませる男の額にキスをした。

脅かさないよう、その気になってくれるよう。泣き顔が嫌がっているからだなんて思いたくない。

ちゅっちゅっと懸命に宥《なだ》めるようなキスを降らせる。唇を重ね合わせ、伸ばした舌でねだるようにノックすると、やがて吹野のほうからも薄い舌を伸ばしてきた。

たぶんダメじゃない合図。

歯列《しれつ》の向こうへと舌を押し込む。

「……ん…っ……」

吹野の口腔《こうこう》の弱いところももう知っている。

会う度、セックスの度にキスはたくさんした。自分はこんなにキスが好きだったかと驚くほど、吹野とのキスは満たされる。

今はほかのものも欲しい。

滑《なめ》らかにくねる舌で互いの体温を感じながら、邪魔な自身の衣服を寛《くつろ》げる。長いおあずけ生活から解放され、吹野欲しさに昂った屹立《きつりつ》を宛《あて》がうと、白い両手が首筋へ回るのを感じた。

いつの間にか明るくなった東の窓も感じることなく、館原は飲まれるように恋しい男の体に包まれた。


日も昇らないうちから理性を飛ばしたせいで、起きたのは昼近くだった。

旅の疲れも加わり眠気がきつい。ベッドに吹野《ふきの》の姿はとうになく、階下に降りるとキッチンで食事を作っていた。

正午前だ。朝食ということはないだろう。

「響《ひびき》さん」

肩に触れられてようやく気づく男は、ざっくりとした編み目の淡いイエローのカーディガンのポケットからスマートフォンを取り出す。

『君は普通に家を訪ねることはできないのか？』

事前に入力済みの文字。起きたら一言言ってやろうと待ち構えていたに違いない。

機械の文字でも、話す言葉以上に伝わる感情もある。どうせなら、もっとほかの気持ちを伝えてほしいものだけれど。

「普通に訪ねるつもりだったよ。けど、寝てたから」

『君は寝てたら襲うのか？』

「いや、それはまぁ流れと言うか、巡り合わせっていうか……あっ、そういえば裏口のドア開いてたんだった。響さん、不用心すぎるんじゃ……」

冷ややかな眼差しを前に言い訳を探し、館原《たちはら》は鼻をヒクつかせた。

海外生活の長い日本人ほど恋しがるスープの香りが、不釣り合いな異国テイストの水色の壁のキッチンに漂っている。

「味噌汁？」

『豚汁《とんじる》だ。すぐ食べるなら魚も焼く』

メインは焼き鮭《ざけ》だった。

柚子《ゆず》を利《き》かせた幽庵《ゆうあん》焼《や》きだ。火を通すだけのところまで準備はできており、自分が起きるのを吹野は待ってくれていたらしい。

用意されていたのは、なにも苦情ばかりではなかった。

柚子の香りと焼き色が食欲をそそる鮭に、具沢山《ぐだくさん》の豚汁。食卓の差し色のように鮮《あざ》やかなほうれん草の煮びたし。和食と呼ぶに相応《ふさわ》しいメニューが、ダイニングのテーブルに並ぶ。

炊き立ての白いご飯は、それだけでも幸福感を生むもので、席につく館原の表情は緩《ゆる》み、自然と「いただきます」と箸《はし》を取った。

「久しぶりだな、響さんの料理。昼からしっかり和食、珍しいね」

『材料がちょうど揃ってたから』

「豚汁の材料ってちょうど揃うもの？　ごぼうとかコンニャク入ってるけど？」

証拠のように椀《わん》から摘《つ》まみ出せば、言い逃れはできないと思ったのか、吹野は明かした。

『君は久しぶりの日本だろう。食べたいかと思って』

「最初からそう言ってくれたらいいのに。テーブルクロスが真っ白じゃないのも珍しくない？」

『たまにはね』

白いクロスに施《ほどこ》された吹野の刺繍《ししゅう》は桜で、いつもと違って仄《ほの》かなピンク色をしていた。

一面の桜ではなく、はらはらと舞い散るように花びらが不規則に施されているのが吹野らしい。

「家にいながら花見気分で手料理が食べられるなんて、最高だな」

『褒めても、デザートまでは用意してない』

はにかむ吹野は微笑《ほほえ》み、館原はドキリとなる。

未だにと言おうか。変に刺激すると笑ってくれなくなりそうなので、見て見ぬ振りでお椀に手を伸ばしてみたりする。

そもそも、こうやって当たり前に食事のできる関係に戻れただけでも奇跡だ。

クリスマスイブの奇跡。あの夜、吹野が自分の元へ戻ってきてくれたからこそ、叶えられた時間だ。

判っている。

それでも人は欲深なもので、クリスマスプレゼントに感謝しつつも、次のクリスマスにもまた期待する。あれが足りないこれが欲しいと胸を期待に膨《ふく》らませ、サンタがこなければがっかりどころではない。

館原はチラチラと吹野の様子を窺いつつも、食事中はあまり話を振らなかった。

スマホの入力で箸を止めさせてばかりも悪い。料理を味わうことに集中し、食後にお茶を飲みつつ言った。

「デザート代わりってわけじゃないけどさ、写真が欲しいな」

『料理はあんまり撮ったことがない』

「響さんのだよ。そういえば一枚もなかったと思って。飛行機で一緒になった奴にも呆れられてさ。アメリカ人のチェリストなんだけど、付き合ってるのに写真もないなんて、これだから日本人はって……あ、意訳だけど」

『まさか見せるつもりだった？』

「見せないよ。変に関心持たれても困るし」

『だったら、べつにいらないだろう。写真なんて。ここに来ればいつでも会える』

「それは……まぁそうなんだけどさ」

それが『いつでも』叶えられないから欲しくなる。

吹野相手に電話はできない。

話せずともビデオ通話という手はあるけれど、吹野は積極的ではなかった。画面越しにスマホを見せるなら、最初からメッセージを送ればいいだろうなんて。

やっぱりつれないにもほどがある。

職業がヴァイオリニストではなく、命がけの飛行を前にしたパイロットなら、コクピットに貼る写真の一枚くらい融通《ゆうずう》されるだろうに。

「はぁ、今朝はあんなに可愛い響さんだったのにな。ベッドじゃ『新良《しんら》、新良』って」

うっかり心の声を漏らしてしまった。

口元に湯呑みを掲げた男と、しっかりと目が合う。

春らしいクロスのテーブルにぴったりの、釉薬《ゆうやく》の美しい桜色の湯呑み。優雅に香りを楽しみ飲むところだった吹野は噎《む》せ、咳《せ》き込みながらスマホを取った。

『あれは君がスマホを使わせてくれないからだ。それに新良は名字よりも発音しやすい』

「えっ……名前のほうが呼びやすいから言ってるの？　それだけ？」

コクリと頷きが一つ。

照れ隠しの嘘や誤魔化《ごまか》しには見えない。確かに『館原』は多少発音しづらいかもしれないけれど――

初めて呼んでくれたときから密《ひそ》かに続いていた、胸の高鳴りをどうしてくれようという感じだ。

館原は、指先でトントンと白いクロスを叩いた。気を取り直してお茶を飲もうとしている男の注意を引く。

「俺はべつに楽だから名前で呼び始めたわけじゃないよ？」

話す以外でも今は示せる。

館原は人差し指を立て、天を指した。同じポーズを作って、横へスライド。キツネのような指の形で、人差し指と小指を立てる。

――ひびき。

響。指文字だ。手話はすべての単語を網羅《もうら》できるわけではなく、名前や地名などは文字言語に一文字ずつ対応した指文字で表現する。ひたすら暗記で覚えるしかないが、館原はどうにかマスターしていた。

最初に覚えたのは、『ひびき』。

まずは好きな人の名前からなんて、小中学生みたいだ。

「どう？　合ってる？」

『合ってる。けど、覚えても使うときがないだろう？』

吹野は前ほど館原の手話を拒む様子はないけれど、今も返事はスマホだ。

乗り気でもないといったところか。

「今使ってる。それに、覚えてるってことが重要なんだよ。ここに、入ってるってことがさ」

館原は頭を指で示した。

吹野の目を見つめたまま、手のひらを下にして両手を掲げ、指を軽く揺らしながら左右に広げる。

波が広がるときのようなイメージ。新しく帰りの飛行機内で覚えた手話だ。

「これも、響さんの名前だろ？　音の響き、共鳴。カイルに言われたよ、ヴァイオリニストの恋人にぴったりの美しい名前だねって」

最後のほうは手話でも示した。

ちゃんと伝わったに違いない。

こんなとき、吹野は決まって困ったように視線を逸《そ》らす。

柔らかに笑んだ男は、今も手にした桜色の湯呑みへと美しい顔を俯《うつむ》けた。

午後、一緒に買い物に出た。

桜の見頃は少し先ながら、冬の間は真っ白だった浅間山《あさまやま》も山裾《やますそ》から色を変え、高原の街はどことなくそわついて見える。観光客だけでなく、住民も待ち侘《わ》びた春に浮き足立つかのようだ。

館原の視線は、ひらひらと動く白い手に自然と吸い寄せられていた。

吹野の気に入りのデリカテッセンだ。

自家製のハムやソーセージから、輸入食材まで。棚には目移りするほどの品が並んでおり、パッケージのドイツ語も館原には懐《なつ》かしくすらあるものの、吹野の手話に目はさっきから釘づけだった。

――嬉しい、覚えてもらえて？

「パプリカのリオナを毎年楽しみにしてもらってたからね。今週は来てくれるかと思って、取っておいたんだよ」

人の好《よ》さそうな店主だ。恰幅《かっぷく》のいいコック服の男は、レジカウンター越しにがっしりとした太い指を動かしながら応《こた》えた。手話は、親しい知人に聴覚障害者がいて覚えたのだとか。

嫌がる素振《そぶ》りもなく、『ありがとう』と手話で返す吹野がなにより意外だった。

年が明けてから同行するようになった買い出しで判った。

吹野は、本当に相手によって愛想《あいそ》は悪くない。ぎこちない手話にだって応えるし、どうやら長い軽井沢《かるいざわ》生活でそれなりに顔見知りもできているようだ。

『気を遣ってくれてるのに、悪いだろう』なんて、手話については言っていたけれど、その気遣いを半分でもこちらにも向けてほしいものだと館原は思う。

吹野の仏頂面《ぶっちょうづら》を知っているのは自分だけ——なんて喜ぶほど、希少《きしょう》感ならなんでもいいわけじゃない。

「売り切れてるかもって言ってたけど、買えてよかったな」

上得意のように店主と夫人に見送られて店を出た。

『早速夕飯に使うよ。パプリカの赤が良いアクセントで、とても綺麗なリオナなんだ』

ソーセージを美しいかどうかの観点で見たことがない。吹野はやはり目で感じるものに、なにより楽しみを見出《みいだ》しているのだろう。

スマホで応えたかと思うと、ふわっとした笑みに口元を綻《ほころ》ばせる。

万年凍土《まんねんとうど》かと思われた吹野の表情にも、訪れた雪解《ゆきど》けの春。惚れた弱みで、些末《さまつ》な不満などどうでもよくなってしまう。

見惚《みと》れるとは、まさにこんな瞬間を言うに違いない。目に映るものすべてが輝きを増し、脳《のう》裏《り》にはクライスラーの『美しきロスマリン』でも流れてきそうになる。

空気も澄んだ晴れ渡った空の下、館原は心にワルツを響かせつつ隣を歩いた。

散歩がてらちょうどいいと、車は商店の集まる銀座通りから少し離れた駐車場に停めていた。人通りも途絶えた閑静《かんせい》な細道には、苔生《こけむ》した浅間石《あさまいし》の石垣の別荘が並ぶ。

新緑の季節はまさに避暑地の風情《ふぜい》だろう。

「苔庭か。この辺、夏は気持ちいいだろうな」

吹野は声に気がついていない。

足を止めて空を仰《あお》いだ男の視線の先には、通り沿いの庭から張り出した木の股《また》に、もやりと寄生したヤドリギと野鳥の姿がある。

背は黒っぽく、胸から腹にかけて鮮《あざ》やかな黄色の鳥だ。芽吹き前の落葉樹にヤドリギは目立ち、緑の巣にでもちょこんととまっているかのようだった。

吹野の肩を叩きかけてやめ、館原は取り出したスマートフォンをそっと構えた。

偶然こちらを向いた被写体と目が合い、「あっ」となる。吹野は狼狽《うろた》えたようにバッと手を動かし、珍しく手話で何事か言った。

「あー、写真？　撮ってないよ」

惚《とぼ》けようにも意味が判ってしまった。首を振って否定するも、疑わしげな眼差しの吹野はスマホをショートコートのポケットから取り出す。

『今僕を撮ろうとしていただろう？　スマホ、見せて』

「本当にまだ撮ってないって。てか、なんでそんなに嫌がるわけ？　写真の一枚や二枚」

『君こそ、なんでそんなに欲しがるんだ』

「なんでって……」

深層心理と向き合い分析などせずとも、理由は単純明快。海外遠征でももやもやしていたものが、カイルの影響ではっきりしてしまっただけだ。やはり、写真の一枚も持っていないというのは淋しい。

若干《じゃっかん》の照れも入り、思わず軽い口調で答えた。

「ただなんとなく、あったほうがいいかなって？　恋人なんだしさ。そうだ、響さんにも俺の写真あげようか？　雑誌の撮影の合間に撮ったイケてる一枚もあるし。ていうか、この際さ、ツーショット撮るってのは……」

吹野の手がまたさっと動いた。スマホでの会話に拘《こだわ》る男が、片手に握っているにもかかわらず手話。

両手の指を揃え、胸元に引き寄せる動作をしたかと思うと、前へぱっと突き出す。

――いらない。

そこまできっぱり主張するほどのことか。

小さな羽音がした。ヤドリギの鳥が驚いて飛び立ち、吹野はハッとなったようにスマホの画面に指を走らせる。

『ごめん。でも、君の写真ならその雑誌で見られるから』

吹野らしくもない言い訳で、謝られてもどんな反応をしたらいいのか判らない。

タイミングを合わせたように日まで陰《かげ》って、冬へと逆戻り。脳裏の晴れやかなメロディもとうに失せていた。


春はなにも一直線に始まるわけではない。

寒《かん》の戻りや春寒《はるさむ》なんて言葉がそう言えばあったなと思い出したのは、夕食時だった。

吹野の気に入りの太ソーセージのリオナは、薄いスライスで夕飯のサラダに登場した。練り込まれた赤いパプリカのチューリップの花びらのような色合いは、まさに春らしい一品だ。ソーセージに初めて季節感まで覚えた。

食後はいつものようにリビングでヴァイオリンを構える。吹野が刺繍《ししゅう》を始めると、傍《そば》で軽く弾くのが軽井沢での定番の過ごし方だ。

夜は演奏会のアンコールに選ぶような小品《しょうひん》が多い。今日は昼に思い出したクライスラー、『美しきロスマリン』からウィーン古典舞曲三作、愛の三部作とも言われている『愛の喜び』へ。対《つい》の『愛の悲しみ』は縁起《えんぎ》でもないのでこの際なしだ。

その後も軽快な曲を中心に弾いていたところ、ソファのコーナーを挟《はさ》んで座る吹野が演奏の合間にスマホを見せてきた。

『さっきの曲、弓が踊ってたね』

「踊る?」

『よく見せてくれる弾き方だよ。弓が跳ねてる感じの』

「ああ、スピッカートか。確かに、弦《げん》の上で踊ってるみたいかな。弓を飛ばして、音をこう、繋《つな》げずに細かく鳴らす奏法《そうほう》なんだ」

速さや弓の使い方でソティエやリコシェ、一弓《いっきゅう》スタッカートなどやり方は様々だ。曲調の軽やかな曲は、難《なん》なく優雅に弾いているように見えがちながら、実際は難易度の高い奏法がさらりと盛り込まれていたりする。

ヴァイオリンはスポーツにも近い。フィギュアのスケーティングのように、幼い頃から気の遠くなるほどの鍛錬《たんれん》の末に技を身につけ、その先にようやく演奏家としての音楽性が見えてくる。

館原は負けず嫌いな子供だった。たぶん習ったのが音楽ではなくスポーツでも、同じように負けまいと頑張っただろう。たまたま生まれ育った環境で音楽と出会い、相性も良かった。ヴァイオリンとは特に馬が合った。

館原がより軽快感の増すフライングスタッカートで弾いて見せると、まるで水面に弾《はじ》かれる石のように弦の上で踊る弓を、吹野は一心に見つめた。

妙な気恥ずかしさがある。

正直、せがまれて女性の前で弾いた経験は数知れずながら、反応は主にキャアキャアと声の上がる軽いものだった。

吹野の眼差しは真剣そのもの。音で感じ取らない男は、まるでその先を見通しているかのようでもある。

華麗な演奏の舞台裏を。

『ありがとう。ごめん、練習の邪魔した。続けて』

礼くらい手話で言えばいいのに、どういう拘りなのか。

館原を苦笑させつつ、吹野は刺繍の作業へと戻る。テーブルの上には春とは思えない、寒色《かんしょく》の糸ばかりが並んでいた。

縫い目で描かれているのは、ぎゅっと真円《しんえん》に寄り集まった細かな十字《クロス》だ。よく見れば紫陽花《あじさい》をモチーフにしたデザインで、手毬《てまり》みたいな花は洋風にも和風にも見える。

早すぎる季節感は、刺繍にかかる時間を考えると遅いくらいなのだろう。

ランチマットほどの大きさの生成《きな》りの布には、丸い紫陽花のほかに小さな水色のドロップも描かれていた。

館原は、ふとギターやリュートのように腿上《ももうえ》でヴァイオリンを構える。弓を使わず、ピチカートで弦を指で弾《はじ》く。

『それも曲？』

「うん、曲だけどね、響さんも知ってる音だよ。きっと見たことがある」

自然をテーマにしたクラシック曲は多い。雷鳴《らいめい》や嵐、川の流れから小鳥のさえずりまで。

この曲はまさに自然の音そのものだ。館原は、さりげなく目線で吹野の手元の刺繍を示した。

『雨?』

「惜しい。シベリウスの曲でね、『水滴』って言うんだ。本当はチェロと弾《ひ》くんだけど、曲って言ってもすごく短くて、九歳のときの作曲だから手慣らしだったのかも。こうやって……ピチカートで、一滴、二滴って……水面を打つ雫《しずく》みたいな音かな」

右手で弦を弾きながらも、吹野が唇を読みやすいように顔は向けたままだ。

「響さん、ヴァイオリン習ってたんだよね。ピチカートは?」

『覚えてない。でもそこまで習ってなかったと思う』

「弾いてみて」

目を瞠《みは》らせた吹野の隣へ移動し、「俺が音程は取るから」と左手で弦を押さえて見せた。

「A《アー》線から。下から二番目の線を二回弾いて、次に三番目のD《デー》線を一回、Aに戻って一回、またDを一回」

言われるままに弦に触れる吹野は遠慮がちで、水滴というよりパチパチと弾《はじ》ける薪《まき》のような音が響く。薪もいいものだ。軽井沢の夜はまだ暖炉《だんろ》が欠かせない。

館原は笑《え》んだ。

「上手いよ」

吹野は左右に首を振り、ヴァイオリンのネックにかけた館原の左手を指差した。

「俺が音程取ってるから弾けるだけ？　弦を弾くだけなら誰でもできると思ってる？」

コクコクと頷かれ、苦笑いに変わる。

「できてもさせないけどね。俺のヴァイオリンには触らせない」

吹野は瞬《まばた》きを一つ。スマホを使って返事をしようとする手を取り、館原は遮《さえぎ》った。前のめりになれば、元々近かった距離はもうヴァイオリン分しか残っていない。

互いの顔が触れそうな距離だ。そんなつもりで弾かせたわけではないけれど。

キス。

したいと思った。

吹野は涼やかな眸《ひとみ》をまた瞬《またた》かせる。こちらを見つめる顔はまるで、館原とのキスもセックスも『存じ上げません』というような表情だ。年上の男ながら、時折やけに純真に映る。

——実際、自分のような不埒《ふらち》な男が踏み込まなければ清らかだったからか。

吹野は「あっ」となったように身を引いた。触れる間もなく、立ち上がってしまう男のカーディガンの裾《すそ》を反射でぎゅっと掴んだ。

「待って……」

お茶を淹《い》れに行くと、カップを口元で傾けるような仕草を見せる。ジェスチャーならよくて、手話はダメなのはなんでだとまた頭を過《よ》ぎるも、今はそれどころではない。

吹野は両手を掲《かか》げ、『どっち？』と示した。コーヒーなら右手で、紅茶は左手。この家に住み着いた頃から、自然と二人の間でできあがった決まり。

館原は首を振った。

「俺はいい。いらない……それより、今日も行っていい？　響さんの部屋」

離すまいと服を握り締めた手に力が籠《こも》る。

吹野のこととなると、みっともないくらいいつも必死だ。このまま冬へ逆戻りせずにすむなら駄々も捏《こ》ねる。

一瞬間を置いただけで吹野は頷いた。

「え、いいの？　泊めてって言ってんだけど？　そういう意味で……」

日付で言うなら、今朝のあれもすでに今日に違いない。あっさりとした了承に、館原のほうが狼狽《うろた》える。吹野は隣に座りなおし、指を走らせたスマホの画面を見せてきた。

『いいけど、まだ時間も早いし、お風呂にも入ってない』

「じゃあ、風呂も一緒に」

『それはナシ』

いつもの吹野に妙にホッとした。

春が来た。

――ことになるのか?

客間のベッドカバーは捲《めく》ることもないまま五日目を迎えた。

毎夜、吹野《ふきの》のベッドで眠り、毎朝吹野の隣で目覚め、ナシと断言された風呂にも結局二日目には一緒に入った。バスタブは大きいし、二人で入ってしまったほうが湯冷めしなくていいなんて、丸め込みつつだったけれど。

湯船も窓も広々とした風呂で温泉気分。当然ながらガラス越しの大自然よりも、目の前の恋人が気になり、我慢できずに少しだけイチャついた。

湯当たりしそうになった吹野の体は、館原《たちはら》が拭《ふ》いた。上気して赤く染まった顔も、とろんとした無防備な眼差しも壮絶に色っぽかった。

「濡れてる」と言って、湯の水滴とは違う体液に潤《うる》んだ場所を拭《ぬぐ》ったら胸元を叩かれたけれど、すぐにしがみついてきて可愛かった。

もちろんその後はベッドへ。

これが恋愛体質のアメリカ人の言う『ホット』とやらか。

日本語で蜜月《みつげつ》。春を通り越して初夏まで迎えてしまったかのような夢現《ゆめうつつ》の日々――しかし、館原が見ていたいのは夢より『現』のほうだ。

なにかが違う。

足りていない気がする。

『もしかして飽きた？』

テーブル越しに見せられたスマホに、館原はハッとなった。朝から難しい顔を晒《さら》しているのは朝食の席で、サラダボウルに箸《はし》を向けたまま固まっていた。

「まさか！　毎日なんて贅沢《ぜいたく》すぎて幸せを噛み締めてたとこだって」

『そう？　君がいるからって、欲張って二本も買ったから』

「……あ、リオナ」

吹野の視線の先にあるのは、柔らかな窓越しの光に輝くガラスのボウルの美しいサラダだ。

『次は春キャベツのリオナにするよ。また違った味わいなんだ。甘味が優しくて』

ソーセージに甘味を求めたこともないけれど、食事は至福に違いない。誤解なきよう笑みを浮かべて箸を動かす。

食後は午前中は家事を手伝ったり、練習をしたり。休み明けにはまた演奏会が控えているので、なにもしないでいられる日はない。

十日間の休みはもう折り返しだ。リビングのソファに座った館原の口からは溜め息が零《こぼ》れる。ふと思い出し、スマホを見た。カイルの強引な勧めでアカウントを作ったものの、思い出すことすらなかったＳＮＳだ。

近況を気軽に知れるのが利点なんて言われても、そもそも仕事仲間の私生活に興味がなかったけれど、今になって気になった。

——日本人の彼女とはどうしているのか。

開くと自分のホームがまず目についた。『通知が鳴りっぱなしで大変だから切っておけ』なんて言われたほどフォロワー数は増えていない。というか全然だ。投稿は移動中にした一件のみで、シンガポールの演奏会の簡単な礼だけとはいえ、ヴァイオリニスト館原新良《しんら》としては寂しすぎるものがある。

もしや、自分の人気は夢現の『夢』のほうか。

——いやいや、いつもホールを埋《う》めている客はなんだ。

目的も忘れて落ち込みそうになっていると、隣からパーカーの裾《すそ》を引っ張られる。

吹野は図案を起こす作業をしていた。

『ツイッター、やってるの？』

「えっ、あっ、まぁ始めたばかりだけど……」

『僕もやってる』

「へぇ、そう……えっ、はっ、響《ひびき》さんが？」

SNSなんて、興味のなさそうな男だ。

『ハンドメイドの通販サイトは商品をアップするだけだから。進捗《しんちょく》状況がわかったら嬉しいってリクエストされたのがきっかけで』

「なんか意外っていうか……検索したら出てくる？　本名でやってんのか？」

『もりのひびき』

——森の響。そのまんまか。

不慣れな扱いで検索すると、すぐにそれらしきアカウントが見つかった。吹野の刺繍の写真がアイコンだ。躊躇《ためら》いなく教えるだけあって、当たり障《さわ》りのない刺繍についての写真やツイートが並んでいる。

それにしても、中にはＲＴやイイネの数が飛び抜けて多いものがあり、フォロワー数も今の館原のアカウントとは桁違《けたちが》いで人気のほどが窺える。

「これは？」

最近のツイートに、出版社らしきアカウントからついたコメントがあった。仕事の打診らしき前振りで、『詳しくはＤＭを送らせてください』とある。

ダイレクトメールは読めない。吹野は今度は少し躊躇《ためら》うような間の後に答えた。

『僕の刺繍を本にしたいって』

「えっ、刺繍が本になるの？」

『僕が作れる数は少ないけど、図案ややり方がわかればハンドメイド好きの人は自分でできるからね』

次第に話が飲み込めてくる。アートとしての刺繍写真に作り方の解説を添えた、見ても作っても楽しめる本になるらしい。

「……すごいな。すごいじゃん、響さん！　センスいいとは思ってたけど、やっぱり才能あるんだな。こんなにフォロワーついてるし、結婚式に使いたいって人がいるくらいだもんな」

『才能じゃなくて、僕にあるのは暇だ』

手放しで褒《ほ》めると、吹野は困ったような顔をした。また卑屈《ひくつ》なことを言い出しそうになるのを躱《かわ》し、館原はスマホに目を戻す。

「あ、フォローってどうやるんだっけ……」

『ちょっと待って』と吹野が遮るような仕草を見せ、自分のスマホを操作する。

やり方を教えてくれるのかと思いきや、見せられたメモの画面には唖然《あぜん》となる一言が書かれていた。

『ブロックした』

「はっ⁉」

『フォローはもうできない。見てもいいけど、君と繋がるのはちょっと』

「ちょっとってなに⁉」

『なんとなくちょっと』

「だから、そのちょっとについて聞かせろよ」

館原はムッとした表情に変わるも、吹野に答える気はないのが、ローテーブルに置いてしまったスマホで伝わる。刺繍作業に戻るしれっとした横顔に、呆気《あっけ》に取られた。見目美しいデザートでも持ってこられて、見たら「もういいね」とさっと引かれてしまったような気分だ。

釈然《しゃくぜん》としないものの、『ブロック』とやらにどう抗《あらが》えばいいのかも判らず、苛々と自分のツイッターをスクロールする。館原がフォローしているのはカイルだけなので、延々とカイルの近況だ。

横浜中華街で肉まんを頬張ろうが、山手《やまて》で西洋館の庭に黒猫の姿を見つけようがどうでもいい。いや、猫は可愛いが。その後のネズミーランドでのウサ耳姿のカイルは可愛くもないし目に優しくない。

楽しく観光のようながら、一緒のはずの彼女は映っていなかった。オープンそうな男でも個人情報を気にするのか、日本人の彼女に断られたか、ダラダラと遡《さかのぼ》り続けて「ああっ!」と思わず声を上げた。

動揺して吹野を見る。

声に気づかず、紙に描いた図案を転写紙で布に写している。べつに後ろ暗いところがあるのは館原ではなかったけれど、カイルのツイートに家族写真を見つけてしまった。

妻と幼い息子が二人。

妻はブロンドの白人女性だった。

『来る度《たび》に新しい刺激をくれる街、東京。一人旅は、人の優しさを知る旅でもある。日本で出会った人々の愛が忘れられずに、僕は導かれるように今年もこの街へと来た。アイ・ラブ・ニッポン！』

旅を締めるようなツイートには、ホテルのバーカウンターから見える夜景写真が添えられていた。

リビングの広いソファの端で前のめりにスマートフォンを見据《みす》える館原は、呆れ顔で独《ひと》り言《ご》つ。

「いや、横浜は東京じゃないし、東京ネズミーランドも東京じゃないし。つか、おまえ一人旅じゃないだろ！　意識高い系みたいなツイートしやがって！」

——あり得ない。

まさか不倫旅行だったとは。一人旅の振りで浮気を隠そうとする、小賢《こざか》しくも多情な男の戯《ざれ》言《ごと》に乗っかって、吹野との『ホット』な毎日を敢行《かんこう》していたことになる。

ソファの端で吹野へ背を向けて座っていた館原は、さり気なく様子を窺う。

いつもと変わらぬ軽井沢《かるいざわ》の静かな夜だ。

広い窓の向こうの深い森は、夜は暗がりとなって家を包む。暖炉《だんろ》の炎にパチパチと弾ける薪《まき》の音は、癒《いや》しのヒーリングミュージックのようでもあり、吹野の横顔も穏やかだった。

背凭《せもた》れに重ねた深いグリーンのフェルト地のクッションに身を預け、昼間図案を転写した布に針を刺している。紫陽花《あじさい》と同じ、真円《しんえん》に描かれたモチーフ。

若葉のような爽《さわ》やかな緑は、色づき前の紫陽花かと思いきや違っていた。

「もしかしてヤドリギ?」

隣へ座って肩越しに覗く館原に、くすぐったそうに身を竦《すく》ませ吹野は頷く。振《ふ》り仰《あお》いだ男のさらりとした髪に頬を撫でられ、それだけのことに館原は心拍数が上がった気がした。

曲調ならラルゴからアレグロへ。鼓動が光り射すように弾《はず》んで、自分が望んでいたのはこんな時間だと思える。

いっぱいとまではいかなくとも、心は満ちていた。

あと、足りないとすれば――

「もうやめるの?」

モチーフの一つを縫《ぬ》い終えたところで、道具を片づけ始める。名残惜《なごりお》しげな問いに、吹野は目線で壁の時計を示した。

『今日はここまで。お風呂に入る』

スマホの画面を見せる男と目が合う。そのままじっと逸《そ》らされることのない視線は、まるで

『一緒にどう?』と誘われてでもいるみたいだ。

「あー今日はやめておくよ……部屋に行くのも、やめておこうかな。はは、毎日ってのも疲れるだろうし」

吹野は瞬《まばた》きをした。

戸惑ったときの反応だ。幾度か繰り返してから軽く頷き、片づけの続きに戻る。布を畳《たた》み、針や糸などは裁縫《さいほう》の道具入れへ。バスケットタイプの、味わいのある手提《てさ》げケースへとしまう。

吹野が無言なのも、滅多《めった》に語らない唇が引き結ばれているのもいつものことにもかかわらず、館原は焦《あせ》った。

「あの、響さん? ちょっと……」

ニットの袖《そで》を引っ張る。

動きが止まり、こっちを見た。

「響さん、なんか怒ってる?」

すぐに首を横に振る。否定されても含みを感じてしまうのは、自《みずか》らのこれまでの行いに後悔があるせいか。

道具箱を閉じた吹野は立ち上がろうとしない。逡巡《しゅんじゅん》するようにバスケットの持ち手を握り続け、パッとスマホを手に取ったかと思うと素早い仕草で入力した。

『やっぱり飽きたのはリオナじゃなくて、そういうこと?』

「え?」

『朝の様子が変だったから、もしかしてと思って』

咄嗟《とっさ》に意味の判らなかった館原も、誤解に気がつく。

「そんなわけないだろ!　俺が響さんに飽きるとかないし」

『じゃあ、なんで急に?』

到着早々から寝込みを襲うほど押しまくっていたのが、急に遠慮なんて殊勝《しゅしょう》な態度を見せても、怪しいだけだった。

「なんていうか、その……違うなって。いや、嬉しいんだけど、俺が一番欲しいのはそういうことじゃないっていうか」

上手く言えない。

こういうとき、言葉を一つも見落とすまいとする吹野の真っすぐな眼差しに、館原は馬鹿みたいに狼狽《うろた》える。大舞台でも肝《きも》の据《す》わった自分はどこへやら、視線一つで動揺させられ、軽い言葉を使って逃げそうになる。

もう、同じ間違いは犯すまいと思った。

「あのさ、やっぱり写真撮らせてくれない?」

吹野は目を瞠《みは》らせた。

「ごめん、なんとなく欲しいなんて言ったのは嘘。真剣に欲しい。響さんはいらなくても、俺は欲しい。離れてる間、本気で淋しかったから」

最初からそう言えばよかったものを、スーツケースの隅に入れる携帯スリッパやネックピローみたいな扱いをした。『あったら便利』ではなく、ないと真剣に困ったくせして。

いくつになっても、世界を股《また》にかけたヴァイオリニストになれようとも、恋してしまえば同じだった。

会いたい。顔が見たい。

叶うものなら、声も聞きたい。

——ただ、同じ気持ちでいてほしい。

「響さんは、どうして嫌がるの？」

吹野は変わらない。

イエスとは言ってくれない。スマホの文字でも、表情でも。

問えば視線を逸《そ》らそうとする。質問そのものを黙殺《もくさつ》して見ない振り。口元さえ見なければ実際伝わりもしないなんて、そんな逃げは卑怯《ひきょう》だ。

館原は腕を摑んだ。

「顔見たいって思うの、普通でしょ？　俺が恋人ならさ」

捩《よじ》ろうとする身を引き留め、淡く揺れる眸《ひとみ》を覗き込む。答えなど、そこに書かれても浮かんでもいないはずが、伝わってくる。

最初から、本当は自分も知っていたからかもしれない。

「……やっぱりそういうこと？　今まで、本気で付き合ってると思ってたのは俺だけなんだろう？　ちゃんと肯定《こうてい》されたことなんて一度もなかったしね」

口にする度、いつも吹野は困ったような顔をしていた。視線を逸らした。濁《にご》されているのを判っていながら、曖昧《あいまい》なその形を自分も明らかにしたがらなかった。

きっと知るのが怖かったせいだ。

「今の俺は、あんたのなに？　もう居候《いそうろう》じゃないつもりだけど……愛人かなにか？　ただのセフレ？　それだけは嫌がらないもんな」

自嘲《じちょう》しつつも、苦しげな自分の声に驚いた。

手に取った男の指は冷たい。スマホの強化ガラスの上でいつも言葉を綴《つづ》る、白くほっそりとした指は、ひんやりと感じられる。

部屋の中は暖炉の熱で暖かいのに、寒風《かんぷう》でも吹き抜けているみたいだ。

冬へと逆戻り。ちらつく白い氷の結晶が、ふと目に浮かぶような気がした。

「答えてくれよ。だったら、あの晩戻ってきてくれたのはなんだったの？」

ハルニレの木々の間を舞う雪を、まだ忘れていない。

頭上から空を切るように幾重《いくえ》にも下りたあの雪。軋《きし》むウッドデッキの足音に、それだけで体の奥から込み上げてきた熱を、たぶんこの先もずっと忘れることはない。

クリスマスイブのショーの後に目にした、吹野の姿。

膝から崩れるようにしてデッキの上で抱き合った館原は、涙を流した自身への驚きや恥ずかしさよりも、吹野が戻ってくれたことへの喜びが勝《まさ》っていた。

「見てたの？」

問うと、吹野は森を指さした。

イルミネーションの灯《とも》った療養所の外は、右も左も判らない暗がりだった。『行こう』とでも言うように吹野は立ち上がり、館原は導かれるように後に続いた。

差し出されて握った手は、温かかった。冷たそうに映る、実際触れてもひんやりとしていた白い手が、沁《し》みるような熱を与えてきた。

自分の手がそれほど冷えているからだと気づいたのは、駐車場にぽつんと停まった一台の車が目についてからだ。吹野のカルサイトホワイトのステーションワゴン。

車は山道を上った。

家とは反対側だ。街灯は疎《まば》らで、いつの間にかアスファルトも途切れ、タイヤは無舗装《むほそう》の道にざらつく音を響かせ始めた。

林を分け入るように進む車が止まったのは、突き当たりのUターンするのがやっとの小さな広場だ。

光が見えた。

なにもないはずの森の向こうに。

眼下《がんか》の療養所のハルニレの纏《まと》った輝きが、助手席の館原の顔をフロントガラス越しに照らした。

『この辺は夏場は緑が深くて、気持ちがいいんだ』

隣からスマホをそっと差し出し、吹野ははにかんだ。

どうやら気に入りの場所らしい。

囲む木立《こだち》は落葉し、昼でも緑の森を想像できそうになかったけれど、代わりにイルミネーションの光はよく届く。

「ここで見てくれたんだ」

吹野は頷いた。

「……綺麗だな」

『さっきはもっと綺麗だったよ。光がたくさん踊ってるみたいだった。空に向けてたくさん。歌うってこんな感じなのかと思った』

ガラス越しの空を差す指。応《こた》えるように天から白い雪が幾重にも舞い降りてくる。

吹野は密《ひそ》やかな打ち明け話でもするように隣でスマホを傾け、館原へ優しく画面を覗かせた。

『僕は小学生の頃、ツリーの飾りつけをするのが好きだった』

「クリスマスツリー?」

『そう。綺麗なオーナメントがたくさんあるからワクワクしたんだ。あんまり張り切るから、毎年任されるようになって、母や姉は作業を眺めるだけになってた。その間、きまって音楽をかけるんだ。クリスマスの曲』

「吹野さん、どんな曲かわかったの?」

『ジャケットでね。父の愛蔵の古いレコードだよ。CDだっていくらでもあるはずなのに。たぶんクリスマスに聴くのが定番のレコードだったんだと思う。ずっと前、きっと僕が生まれた頃からの』

綴られた文字を読み終え、ハッとなって館原は顔を起こし、目が合った。

吹野は口を開きかけては閉じた。

なにか探し求めるように繰り返したのち、微《かす》かな音をひゅっとその唇から零した。静まり返った車内に響く、小さくとも確かなメロディ。

たとえ一小節だろうと、館原が聞き逃すことはない。

「……あああ、あああ」

吹野が幼い頃に耳にしていたはずの曲。

ハルニレを舞う光に思い出したその音楽。途切れると、相槌《あいづち》でも打つように館原は続きを口ずさんだ。

「……鈴が鳴る」

「ああ、あああ……」

「……光の輪が舞う」

聖夜に楽しげに鳴り響く鈴の音《ね》。舞い踊る光と共に、森へ林へ。奏《かな》でる響きは、きっとどこまでも、そう、君の元までも飛んでいく。

――ジングルベル。

子供の頃に誰もが口ずさんだに違いない曲は、まるでこの瞬間を歌っているかのようだ。館原が変奏に変え、ヴァイオリンと光で繰り返しなぞったメロディを吹野はちゃんと覚えていた。

「吹野さん、すごいよっ！」

館原は歓喜の声を上げた。

「すごい、のは、ひみ……君だ。僕の、頭に……鳴らし、てくれた。ひみが、君が聞かせ、てくれた」

針で一目《ひとめ》一目描く刺繍のように、紡《つむ》がれる吹野の言葉。自ら発声を確認できない男の声は、ゆっくりと浸透《しんとう》するように館原の深いところへ届いた。

吹野は笑みを零した。

「ありがとう……君の、音楽を、聴かせてくれて」

誰の心にも刻まれたメロディがある。大人も子供も、譜面《ふめん》の読める人も読めない人も、たくさんの音楽を覚えている。

館原は信じていた。

――忘れてやしないと。

「しんら?」

微笑んでいた顔が不安そうになる。

言葉が伝わらなかったわけではない。館原は「大丈夫」と首を振り、焦り顔へと変わった吹野はスマホに指を走らせた。

『なんで君が泣くんだ。感動するのは僕のほうだろう』

文字はぼんやり滲《にじ》んで映った。

しょうがない。泣きたくはなくとも、涙が頬を伝う。情けない男にも、涙もろいお人よしなんかにもなりたくはないのに、勝手に次々零れる。

館原は「ははっ」っと照れ笑い、ふっとフロントガラスの向こうに視線を送った。

「吹野さんにはなにが見える?」

吹野は首を傾《かし》げた。

「俺には雪が見える。白くて、綺麗な雪」

目蓋《まぶた》を上下させた吹野の潤《うる》んだ眸《ひとみ》は、映し込んだ光をたたえていた。

吹野は頷き、答えた。

『僕にも見えるよ。白くて、光ってる。君と同じ雪が見える』

目に映るものは同じ。

音が聞こえようと、聞こえまいと。

吹野も自分も変わらないと、ようやく示せたのだと思った。

『この夜のお礼を、僕は君にどうやってしたらいい？』

眩《まぶ》しく灯ったままの画面をなぞる指は、文字を綴った。礼を期待してショーを考えたわけじゃない。

けれど、欲しいものならずっとあった。

だから、館原は告げた。

「なにも。なにもしなくていいよ。ただ傍《そば》に居させてくれたらいい。これからも……俺は吹野さんが好きだから、ずっとあんたの傍にいたいんだ」


優しい夜。かけがえのない夜。

あの晩、宿泊する予定だったホテルには結局戻らなかった。

マネージャーの西上《にしがみ》には『用ができた』と、ヴァイオリンをそのまま預け、吹野の家に泊まった。

『好きだ』と言ったらすべてが願いどおり。受け入れてもらえたと思った自分は、浮かれて恋人気取りだっただけなのか。

ここへ自由に来るのを許されるようになっただけで、吹野はなにも変わってはいない。ある意味、なにもしなくていいと言った自分の言葉どおりに。

『君とそういう意味で付き合うつもりはない』

聞きたくも目にしたくもない吹野の返事に、館原は男らしい黒い眉を寄せる。

「……セックスするだけ？」

吹野は表情も変えずに頷いた。

「はっ、じゃあやっぱりお礼ってこと？　俺はあのクリスマスのコンサートの礼に、めでたく抱かせてもらえるようになったってわけだ？」

『そうじゃない』

「でも、セフレなんだろう？　付き合ってもないのにするって、結局そういうことだろ？」

吹野から触れてきたためしもない。元々、セックスに不慣れで淡白そうな男だからだと思っていたけれど、キスもハグもない。

過去には異性相手に気楽と思っていた関係が、吹野相手となるともどかしい。

『そう思うなら、それでもいい。わかった。君と僕はセックスフレンドの関係だ』

わかったって、なんだと思った。なんでこっちが譲歩《じょうほ》されたみたいな流れなんだと苛立ちながらも、館原も上面の言葉を繰り出す。

「ちょうどいいか、気楽にのびのび、飽きたら終わりってことで。響さんって、べつにすごいテク持ってるわけでもないし、セックスだけで長続きするとは思えないけど」

悪辣《あくらつ》に言い放つと、吹野の顔が強張《こわば》るのを感じた。元は人形みたいに乏《とぼ》しかった男の表情の変化が、今は館原にも察せられる。

いつの間にか判るようになっていた自分に驚くと同時に、その反応一つで本心が垣間見《かいまみ》えた気がした。

すっと顔を背《そむ》け、今にもソファから立ち上がって逃げそうな男の腕を再び捉《とら》えた。

「こっち、ちゃんと見ろよ。都合悪くなったら、そうやってすぐ逃げるのな。セフレでいいなら、俺がなに言おうと気にならないはずだろ?」

吹野は摑まれたままスマホを操作した。

『べつに気にしてない』

「それが気にしてないって顔かよ。俺が飽きたら嫌なんだろ? セフレなんて、本当は嫌なんだろう?」

意地を張り合う気はない。吹野が虚勢を保《たも》とうと、先に本音を明かした。

「俺は無理。セックスだけとか無理だから……そんなんだったら全部なくていい。本気で惚《ほ》れてんのに、『ありがとう。体だけどうぞ』なんてやられても、全然嬉しくないっての」

力ない笑いを交えつつも言った。

「だから、響さんも認めてくれよ。あんたも……あんただって、本当は俺に惚れてんだろ？　じゃなきゃ、セックスなんてさせる人じゃないもんな。痩《や》せ我慢は無理だって、俺も……響さんも」

吹野はまた視線を逸らし、腿《もも》の上で緩《ゆる》く握りしめたスマートフォンをただ見つめた。しばらくそうしてから、のろのろと画面をなぞり始める。

なかなか見せようとせず、館原は自ら覗き込んだ。

『僕との付き合いは君の負担になる』

「まだそんなこと言ってんの。俺の負担とか……もしかして、手話もそれで俺だけ避けてるとか？」

『手話のために、君に時間を無駄にしてほしくない。君にはやるべきことがたくさんある』

「俺があんたのために使う時間は全部無駄だっての？」

『そうは言わないけど、きょくりょ』

まだ入力途中のスマホを館原は遮《さえぎ》り、すっと片手で覆《おお》った。

「無駄ってんならさ、ずっとそうだろう？　あのクリスマスのコンサートだって、どんだけ準備に時間かかったと思ってるんだよ。マネージャーは最初は非協力的だったし、俺も初めてのことばっかりで……けど、やれてよかったと思ってる。正直、あんたに振り向いて欲しくて、もう一度チャンス欲しくて考えたショーだったけど、途中からはそれだけじゃなくなってた」

吹野に届いてほしいと、届くと信じて始めたあの夜のコンサート。

今も思いは届くと信じ、館原は唇を動かし続けた。見つめ返す眼差しに、まだ望みはあると、吹野と繋がっていると、信じたがって諦めない自分がいる。

「あの療養所で、喜んでくれた人がいっぱいいたんだ。こんなに楽しいクリスマスは初めてだって言ってくれた人も。また来てくれって、手紙とかメールももらったし……それが全部無駄なわけ？」

その双眸《そうぼう》に問いかける。

館原は力強く伝えた。抗っても無駄なのは吹野のほうなのだと言いたい。

「あんたと会えなくなっても、俺は軽井沢に来るよ。あの療養所にもまた行くし、今までと違った形の音楽もやる。これまで以上に、いろんな人に届けたいと思ってる。俺はもう変わってるんだ、後には戻らない」

館原は微笑《ほほえ》んだ。今、吹野を見つめて湧き上がるように生まれる表情も、吹野にすべて与えられたものだ。

「出会えて本当によかったと思ってる。ありがとうって言いたいのは俺のほうだから……響さんがいること、俺に影響すること、絶対に無駄なんか一つもないから。だから、やっぱり俺と、ちゃんと付き合ってほしい」

自分を映し込んだ、戸惑いに揺れる眸。館原は、脅かさないようにとそっと手を動かした。

吹野を小さく指差す。それから。

右手の親指と人差し指。開いて喉元《のどもと》へ、閉じながら真っすぐに下へと。

――あなたが好きです。

シンプルな手話に、吹野は館原の指先を追いかけるように顔を俯《うつむ》かせた。

「響さんが好きだよ。だから……って、顔見てくれないと伝わらな……」

顔を起こすよう求めるつもりが、下ろした指先をきゅっと摑まれ、館原は言葉を失う。

吹野の手は震えていた。気づけば肩先も、さらりとした髪の頭も。ぶるぶると震えて揺れて、まるで暴れ出す心を封じ込めようとしているかのようだった。

館原は空いた手でその腕を摩《さす》る。

大丈夫だと、もうそれは解《と》いてもいいものなのだと訴えかけるように。

背中に回そうとすると、人差し指を握る手がするっと離れた。もう一方の手からもスマートフォンがソファの座面へ滑《すべ》り落ち、吹野は俯いたまま両手を動かした。

薄い肩先をまだ微《かす》かに震わせながらも、手のひらをしっかりと上へ向け、小さく左右の手をクルクルと幾度も。

――付き合う。

回る手のひらが止まらないうちから、館原は顔を覗き込んでいた。

身を屈《かが》ませ、回り込むようにキスを。

大人しく待ってなどいられない。

「恋人のキス。変更はもうナシで……」

吹野がそろりと顔を起こし、もう一度しようとすると柔らかな感触を覚えた。

初めてのキスをくれた。


結局、風呂には一緒に入らなかった。

『恋人』からのキスに、それどころではなくなってしまった。

何度唇を重ねても吹野《ふきの》は避けることはなく、喜びが増す。いつもは広く感じられるソファも、それ以上男二人で確かめ合うには狭すぎて、二階へと移動した。

ベッドまで繋いだ手は、あのクリスマスの夜と違い館原《たちはら》のほうがずっと熱い。

目的地に辿《たど》り着き、またキス。吹野の頭を柔らかな羽枕《はねまくら》に沈めるや否や、引き合うようにもう一度――こんなにキスをたくさんしたのは初めてかもしれない。

求められたら嬉しくなった。キスをされたら、キスを返して、馬鹿みたいにその繰り返し。

それだけで気持ちよくなれることを知ったのだから、手放せるはずもない。

——俺のだ。

この人は俺のもの。

「し……んら…っ……」

ちゅっちゅっと音まで立てながら唇を吸い、濡れた薄い舌まで唾液《だえき》ごと吸い上げようとすると、吹野がふるっと身を震わせた。

「ん、なに？」

頬が赤い。揺れる眼差しはもう潤《うる》みを帯びていて、館原はもしやと右手をするっと下腹部に這わせた。柔らかなボイルドウールのパンツの前が、可哀想なほど張っている。

「キスだけでこんなに感じてくれたの？」

火照《ほて》った頬や耳元に唇を押し当てながら問う。囁きでは吹野に伝わらないのを、熱に浮かされうっかり忘れていた。

目に映るようもう一度言おうとすると、そのままぎゅっとしがみつかれた。

「……響《ひびき》さん？」

館原のスウェットパーカーの二の腕辺りを掴み、吹野は吐息を零《こぼ》した。

「……は…ぁ」

遠慮がちに押しつけられた熱。這わせた館原の手のひらへ、熱く形を変えたものを埋《う》めるように宛《あて》がい、淫《みだ》らな続きをせがんでくる。

衣越しにも判るほど硬い。軽いタッチではぐらかすと、もどかしげに腰を浮かせて追いかけきた。

「新良《しんら》…っ……」

願い叶わず、切なげな眼差し。刺激が欲しくて辛いのだろう。甘えねだるように揺れる腰に、館原の表情は思わず和《やわ》らぐ一方、眼差しは熱を帯びる。

「すごくエッチだな、響さん」

欲しがる吹野が可愛くて、つい焦《じ》らしたくなって困る。

「……っ……ぁっ……は…ぁっ……」

「……ヒクついてる。擦《こす》りつけるのが好き？　響さん、やっぱり硬いのがいいの？」

関係を違《たが》えたきっかけにもなった、ダイニングテーブルでの自慰。匂わせると、覗き込んだ顔は一層《いっそう》頬を火照らせる。

「……ばっ……ばはっ……」

「バカ？　バカでもいいよ、響さんの可愛いところ見られるなら。ね……俺の手、好き？テーブルよりはだいぶ器用なつもりだけど」

「ばっ……ひ…ぁっ……」

二度は言わせなかった。

「に……にぎ…ゃっ……ぁっ……ぁっ……」

やんわりと握って、張り詰めたものを揉《も》み込んだ。いくらか上下にも扱《しご》き、啜《すす》り喘《あえ》ぐような声を上げさせてから、服の中へと手を忍び入らせる。

「……ふ…ぁっ……んん…んっ」

直《じか》に触れると、反応は桁《けた》違いに大きくなった。

「先っぽもうぬるぬる……いっぱい濡れてるよ？　腰動かすの、上手」

「はっ……ぁっ、は…っ……ぁっ……」

「響さんの好きなやつ、してあげる」

顔を見つめ、よく伝わるように唇を動かす。

ふるふると頭を振りながらも、吹野に拒《こば》む気配はない。それどころか、敷き込んだ身は言葉だけでもビクビクと弾《はず》んだ。

短く速い息遣い。きっと鼓動も速い。潤んだ茶色の眸《ひとみ》を覗き込み、思わせぶりに告げた館原は、ナイトテーブルの引き出しに入れておくのが常になったものを先に取り出す。

「あ……かり……」

「明かり消したら、響さん、俺の言葉読めないでしょ」

服を脱がせ始めると、吹野が部屋の明るさを嫌がるのは常ながら、はぐらかすのはいつも簡単だった。なにより音が見えなくなるのを恐れる男だ。

それに、恥ずかしいのも嫌いじゃないのだと、最近は判ってしまった。むしろ、暴《あば》かれるのは好きなのかもしれない。

そんなのは、自分だけであってほしい。

自分だけがいい。この人を辱《はずかし》めて啼《な》かせてもいいのは俺だけ——なんて、ひどい独占欲に頭が滾《たぎ》りそうになる。

下着まで全部剝《は》ぎ取った裸身《らしん》を開かせる。

両足を膝裏から抱え上げ、狭間《はざま》のすべてを隅々まで露《あらわ》にさせてから、顔を埋めた。泣き濡れたように潤んだものは、触れて欲しいと言わんばかりに健気《けなげ》に上向いている。

「……ひ…あっ……」

透明な露《つゆ》に綻《ほころ》んだ鈴口に、ちろちろと舌を這わせながら指を濡らした。取り出した潤滑剤《じゅんかつざい》のチューブのゼリーをたっぷりと纏《まと》わせ、もっと下にある窄《すぼ》まった場所へと滑《すべ》らせる。

柔らかい。

毎日、いっぱいに開かせていたせいか。

「や……んんっ……」

嫌がる素振《そぶ》りを見せつつも、吹野はすぐに鼻にかかった声を漏らし始める。セックスの最中の甘い声を、少しは自覚があるのか。『やめて』『嫌だ』と言われたところで、これでは少しも説得力はない。

吹野も男だ。快楽に溺《おぼ》れもしないうちから、後ろを性器のように扱われるのは抵抗があるかと思っていたけれど、そうでもないと館原は気づかされた。

軽井沢《かるいざわ》に着いた明け方、飢《う》えて性急になってしまいはっきり判った。

大きな舌で敏感な先端を舐《な》め尽くしながら、ゆるゆると後ろの窪《くぼ》みも撫《な》で摩《さす》ると、余計に先走りが溢れ出てくる。

クンと指先に力を込めた。

「ふ…ぁっ……」

「……指、もう中に挿《い》れるよ」

聞こえないと知りながら、呟きを零す。

感じやすいカリ首にちゅっと何度も唇を吸いつかせ、館原は長い指をズッと穿《うが》たせた。異物を感知したみたいに、途端にきゅうっと縮《ちぢ》まろうとする内壁《ないへき》を開いていくほど、添えた手ののがヒクンヒクンと弾む。

中を開かれて感じている証《あかし》だ。

「……ぁっ……や…っ、あ…ぁ…ん…っ……」

散々《さんざん》焦らすように先っぽばかり責め立てたペニスも、熱い口腔《こうこう》でねっとりと包んでやった。

吹野の性器は長さはあるけれど、嵩《かさ》は控えめだ。滑《なめ》らかな亀頭《きとう》は、しゃぶるにはちょうどいい。何度も抜き出しては咥《くわ》え、張り詰めた幹《みき》まで歯を立てないよう刺激する。

前も後ろも。ペニスもアナルも、リズムを合わせた愛撫で昂《たかぶ》らせる。

熱い粘膜《ねんまく》はきゅうきゅうに指を締めつけるくせして柔らかく、すぐにも和らいで、『もっと欲しい』と館原にせがんでいるかのようだ。

ゆったりとした抜き差しを幾度も繰り返してから、指を増やした。太い中指と人差し指。快楽に弛緩《しかん》していく体を、甘い菓子の生地でもかき混ぜるように、中からも追い上げていく。

「あ…ぁっ……あっ、あっ……や…っ、いっ……しょ、した…らっ……」

吹野の腰が揺れる。大きなうねりを帯び始める。

もう射精したくて堪《たま》らないのだろう。

「んん…っ……あ…ぁっ……や……」

指先をそこへ宛がった。

前立腺に狙いを定め、優しく裏からも捏《こ》ねてやると、啜り喘ぐ声は大きくなる。逃れようと左右に尻が振れるのを許さず、次第にきつめのヴィブラート。

内からも外からも、館原は器用な指で絶頂のタイミングをコントロールした。泣きじゃくるほど濡れそぼった性器を、蕩《とろ》けるような愛撫でたっぷりと可愛がり、吹野の中の弱いところを鳴らす。

「あ…ぁぅ……やっ……もぅ……」

館原の黒髪を摑んだ両手の指は、抵抗を示しているとは思えない弱々しさだ。

「も…っ……も、い…っ、ちゃ……ちゃう、し…っ、しんら…っ、はなっ……放、しっ

「……ぁっ、あっ……」

慣れることのない口淫《こういん》への羞恥《しゅうち》と、抗いきれない快感。身を焦がす男の最奥《さいおう》まで、館原はズッと長い指を飲み込ませた。

熱い先端を包んだ喉を鳴らし、はち切れんばかりに育った性器をじゅっと啜り上げる。

一度の強い刺激で、喉奥に温《ぬる》いものが溢れた。

「あ…ぁん……」

吹野は射精にガクガクと腰を震わせ、後ろは深く咥えた館原の二本の指にきゅうっと粘膜を恥ずかしく縋《すが》りつかせてきた。

指に纏《まつ》わる吹野の熱いうねり。

「……ぁっ……あ……」

暴れるように跳ねた性器が噴いたものを飲み下す。口から抜き出した後も、とろっと残滓《ざんし》が溢れる度《たび》に館原は吸い取ってやった。

濡れた唇を左手の甲で拭《ぬぐ》いつつ、埋めていた顔を起こす。

「あっ、は…っ……はぁ……」

吹野は上がった息を整えきれないまま、すっかり放心してしまっている。

まだ一度達しただけの前戯《ぜんぎ》に過ぎないのに、溢れた涙はこめかみまで濡らしていた。

館原は指先で髪を軽く撫でつけてやりながら、額にキスを落とした。

「……気持ちよかった？」

真摯《しんし》な問いに、吹野は乾く暇もない眸を潤ませながらコクリと頷く。

やけに素直だ。

「よかった。じゃあ……次はこっち」

「……ぁっ」

吹野はふるっと頭を振った。

爪先《つめさき》まで抜け落ちていた右手の指を、館原はまたクチュっと奥へ含ませる。達したばかりだ。最初はぐずるように身を捩《よじ》り、戸惑いを示した吹野も、あの前立腺のところをなぞって弄《いじ》るうちに再び兆《きざ》してきた。

「……ん…っ……ぁ……」

「毎日してたから、ここ……やっぱり少し腫《は》れぼったいかも……大丈夫？　響さん、痛くない？」

表情で反応を窺いながら、ゆっくりと中を探る。揃えた指を奥で開かせ、具合を確かめると、軽く伏せた睫毛《まつげ》を震わせながら吹野は言った。

「……しい」

「え？」

「新良、やさし……の、な」

どこか泣きそうな眼差しが、自分を捉《とら》える。

館原は笑んだ。

なにを当たり前のことをと思った。

「そりゃ優しくもなるでしょ。惚れてんだから……たまに暴走するかもしれないけど。今はもう、世界で一番大事な人なんだし？」

「新良……」

「平気？　ごめん、いくら会えなかったからって、毎晩は考えなしだったかも……きついなら……うん、今日は挿れるのは我慢するし、明日とかも……」

諦めることを匂わせると、瞠《みは》らせた眸が不安そうに揺れる。

もしかしてと思った。

「……やめなくていいの？　セックス、毎日でも嫌じゃなかった？」

ちゃんと答えて欲しいと眸に訴えかけると、涙目のままコクコクと頷く。

さっきより顔が赤い。何度も色を重ねたみたいに、もう真っ赤だ。

「……ぁっ……」

きゅんと、館原の指を包んだところまで脈打つように蠢《うごめ》いた。

「また感じてきた？」

館原は緩く笑む。セックスでとろりとなったときの吹野は、普段と違って無防備だ。

こんな姿を見るのは、一生自分だけでいい。

「響さん、お尻、もっと上げて……そう、指でしてるとこ、もっと俺のほう向けて」

「ふ…ぁっ……ぁん……」

「クチュクチュ言ってる……やらしい音、すごいよ？　俺の、もう挿れてもいい？」

正面から顔を見下ろしつつ問えば、応《こた》えるように何度も内壁が締まる。「もう、意識してくれてる？」と館原は嬉しげに表情を緩ませながらも、急《せ》いた思いで服を脱ぎ始めた。

正直、さっきからずっと寸止めの気分でやばい。

激しくしてしまいそうだ。またゼリーを足した。位置を合わせづらいほど滑《ぬめ》る入口へ、熱く猛《たけ》りきったものを宛がい、鞘《さや》にでも収めるように沈めていく。

ゆっくりと、けれど容赦《ようしゃ》なく。

「んん…っ……ぁっ……あぅ……きいっ……」

「大きい？　今日は……いつもより、やばいかも……」

「ああ…っ……ひ…ぁ……」

「逃げないで……奥まで入れるよ？」

指でもやっとのように狭かった場所が、自身の形へと深いところまで広がっていく。吹野のものと違い、館原の屹立《きつりつ》は先の張りがきつい。

ぐちゅっと鳴らし、根元まで頬張らせた。

音に過敏な館原は、淫猥《いんわい》な響きにぞくぞくとした興奮を覚える。

ぱちゅっぱちゅっと続けざまに音を立てながら、リズムをつけて中を太いもので擦り上げ始めた。吹野の感じやすいところは、嵩のある先端で特に念入りに。

角度を少し変えながらやんわり抉《えぐ》るようにそこを嬲《なぶ》ると、しゃくり上げる声が漏れる。

「ん……い、ぁっ……」

「……きつい？」

緩く首を振る。

「いい？ 気持ちいいの？」

吹野は言葉にできず、開いたり閉じたりを繰り返すだけの口元を覆ってしまおうとする手を、館原は引き剝がした。

「ダメ、全部見せて……響さんが俺で感じてるとこ、全部見たい」

「あ……はっ、は…ぁっ……そ…こ…っ……」

「ここ？ 好きなとこ、とろとろになるまでしてやるよ……今日は、何回も中でイカせてやるから」

「しん、ら…っ……んんっ……」

「力抜いてて……俺に全部任せて」

霞《かす》むほど目を潤ませた吹野に、言葉はどれほど届いているか判らない。まして、声音《こわね》など感じ取れるはずもない。

自分でも驚くほどの甘ったるい声だ。

館原は身を起こし、軽く吹野の腰を抱え上げるように寄せた。

ゆさゆさとシーツの上の身を規則正しく揺らし続ける。見えないことを嫌がる吹野が、いつの間にか目蓋を落とし、ベッドへくたりと身を預けていた。

長い睫毛がびっしょりと濡れて、光っている。

「……ぁっ……ぁっ……」

律動《りつどう》に応えるように、一定のリズムで零れる声。

自分に身を任せきっているのが判る。

二度目とは思えないほどきつく頭をもたげた、性器がひどく艶《なま》めかしい。浅く凹《へこ》んだり膨《ふく》れたりを繰り返す下腹部を、先走りで濡らしている。

鈴口はもう開きっぱなしに違いない。たらたらと腹まで伝う透明な雫《しずく》。カウパーの止めどなく溢れ落ちる眺めに、館原はゴクッと喉を鳴らした。

同じ男とは思えないほど感じやすく、身を委《ゆだ》ねる姿は壮絶にいやらしい。これまで何度も抱いた吹野の記憶が、大きな刷毛《はけ》でも使ったように塗り替えられる。

「は…っ、ぁっ……ぁっ……ぁん……」

今までは少しきつそうにしていた奥も、完全に蕩けきって、きゅんきゅんと館原の張り詰めた先端を締めつけてきた。行き止まりのように感じられる最奥を、トントンと突くように揺すってやると、ぐずつく声を上げて尻をくねらせる。

「……んん…っ」

入口から奥まで、もう全部気持ちよくてならないらしい。

「……ぁっ……あ…ぁっ……」

また、とろりと透明な雫が溢れた。

唇まで綻《ほころ》んで、舌先をチラつかせっぱなしだ。

「……可愛いな」

自身の与える快楽に、すっかり蕩けた吹野が可愛くて愛《いと》しくて、堪《たま》らない。

──セフレと恋人じゃ、やっぱり違う。

信じるに値《あたい》する男でいられるのと、そうでないのとでは。

「んんっ……も…っ……」

快感に満たされた吹野は、目蓋を起こすととろんとなった茶色い眸を覗かせる。

館原は覆い被《かぶ》さり、顔を近づけた。

「……もう出ちゃいそう？」

「んっ、ん……しんっ…ら……」

「もう少し、我慢……な、一緒に行こ……俺も、もうすぐ……」

「あ…っ……や…っ……」

「繋がってるとこ、すごい音してるよ。すごく、やらしい音。響さんが吸いついてくるから……グチュグチュって、ほら……ずっと鳴ってる」

聞こえないはずの吹野は、館原の説明にふるふると恥ずかしげに頭を振りながらも、堪えきれずにまた上擦《うわず》る声を振り撒《ま》く。

触れるところは、どこもかしこも性感帯になってしまったみたいだ。

館原も熱い息をついた。ハァッと吐息を漏らし、ねっとりとした熱い粘膜の感触に酔いしれる。

腰を動かす度に、ぴったりと纏わりついてくる。館原の怒張《どちょう》しきったものに吸いつき、抜き出そうとすると、まるで行かないでと引き留めてくるかのようだ。

抜け落ちる直前まで引いてから、またもったいつけるように挿れてやる。太く長いペニスで、入口から奥までとろとろになった壁を摩擦《まさつ》する。何度も。何度も。

「あ…っ……あ、しん……しん、ら…っ……」

「ん？　セックス、気持ちいいね……俺も、すげ……いい、気持ちいいよ、響さんの中」

見つめ合い、ゆっくりと伝わるように唇を動かした。

「どこが好き？　ここ、好き？」

「んっ、ん……き…っ……」

「こっちの、奥……のとこは？　こうするの、気持ちいい？」

「あっ、い…っ……いい……」

「みんな好きなんだ？　感じやすい響さん、可愛いな……」

吹野が答えてくれるのが、なにより嬉しかった。言葉で。素直な気持ちで。それだけでもう、館原は充分に満たされるほど、心も体も熱を上げていた。

「響さん？」

吹野の唇が、音もなくはくはくと動く。何度も躊躇《ためら》うように、間違えないよう気をつけるみたいに動いてから、言葉を発した。

「……き、しんら…っ……新良、すき……」

涙に濡れる眸で一心に仰《あお》ぎ、吹野は言った。

聞こえない声を、自分では判らないというその音を、館原に届けようと鳴らしてくれた。

「え……嘘だろ」

セックスをして、恋人になって。当たり前にもかかわらず、想いをはっきりと言葉にされたことに館原は驚く。

「う……そ？」

「あっ、嘘じゃない、嬉しいけど……ホントに？」

吹野の掲《かか》げた両手に、館原の頬は優しく包まれた。

もっとこっちへと引き寄せられる。

「響さん……」

「……好き」

言葉の練習でもするように何度か繰り返してから、吹野は少し顔を浮かせて唇を触れ合わせた。深いキスをせがむみたいに首筋に手を回されて、館原はそのまま沈んだ。

熱く唇を重ねて、身の奥から湧き上がる熱を形に変えた。深い律動を再開し、密着させた体を揺すり立てる。

「ん……ぁっ、んん…っ……」

ただでさえ絶頂感を堪えていた吹野は、キスもままならないほどの声を振り撒いたけれど、許さずに分厚《ぶあつ》い舌を押し込み、館原は口の中までいっぱいにした。

蕩けた腰の奥も、小さな口も、上がる一方の熱で深く掻《か》き回し、愛しくてならない体を重力に任せてきつく押しつける。広いベッドまで揺らして、重たくなった腰で奥をじっくりと幾度も突き上げ、吹野を啼かせた。

ぴんと突っ張った体から、細い声が零れる。

「……ぁっ……ん……」

吐精したのが判った。

重ねた腰の間に、温かく濡れた感触が広がり、達したばかりのその身を勢いのままに揺さぶって、館原も後を追い昇りつめた。

吹野の中へと、熱く積もるように溜まりきった欲望を放った。

「んん…っ……しん、ら……」

悶《もだ》える吹野の濡れた唇を何度も吸う。それだけでは足りずに、髪にも目蓋にも、メチャクチャにキスの雨を降らせながら言った。

「俺も好き……響さん、好きだよ」

溢れ出さずにいられない想いを言葉にした。

耳に届かずとも、きっと伝わる。

首筋に回った吹野の両腕に、またしっかりと力が籠《こも》るのを感じた。


目覚めると日はまだ昇ったばかりだった。

長時間眠ったわけでもないのに、やけにすっきりとした目覚め。ベッドにいるはずの吹野の姿がなく、探し求めて階下へ降りながらも、昨夜《ゆうべ》から続く多幸感《たこうかん》に館原の頬は緩む。

辿り着いたキッチンには、焼き立てのパンの香ばしい匂いがふんわり漂っていた。

幸せの香りに鼻をヒクつかせつつ、吹野の元へ引き寄せられる。黄色いミトンでオーブンから天板《てんぱん》を取り出したところだ。

「パン、焼いてくれてたんだ。フランスパン？」

吹野は頷く。

背後から館原は覗き込んだ。

吹野の焼くフランスパンは、いつも特にいい匂いがする。砂糖を入れない代わりに使う、モルトシロップの影響なんだとか。

今日はブールとフィセルだ。ボールのような形のブールは、真ん中の十字の切れ目からチーズが覗いている。

思わずまた鼻をスンとさせると、吹野は館原の顎《あご》の触れた肩をくすぐったそうに竦《すく》ませた。

「早起きだな。大丈夫？　昨日、無理させたなって気になってたんだけど……」

二階に上がったのはまだ早い時刻ながら、あの後風呂に一緒に入るだけのつもりがイチャついたり、満足して大人しく寝るだけのはずが、抱き枕にするうち軽井沢に着いた朝の繰り返しになったりと、だいぶ無茶をした。

「響さん、体は平気……ちょっと……」

朝食の準備を続ける男は、逃げ惑うように忙《せわ》しない。尻尾を振る犬のごとくついて回る館原に、堪《たま》りかねた顔でスマホを取り出す。

『覚えてない。君がはりきりすぎて、僕は疲れて寝落ちしたから』

「はりきるって……いや、寝落ちじゃなくてさ……」

いわゆる寝落ちではなく、あれは可愛らしく感極まった末に意識を手放したとしか思えなかった。

「つか、響さん、なんでそんなの書いてんの？」

スマホの画面は、事前に文字が入力済みだ。

もしや、起きてなにか言われたら返してやろうと用意した言い訳――熱い夜の裏返しの照れか。

機械の文字でも伝わる感情に、館原の顔はまた朝からゆるゆるになる。

『違う』

なにも言葉にしていない。唇が緩んだだけで突きつけられた文字に苦笑いしつつ、至極《しごく》真っ当な突っ込みをした。

「響さん、もう喋《しゃべ》ったらいいのに。そしたら、筆談《ひつだん》も手話もいらないと思うんだけど？」

『そんなに流暢《りゅうちょう》に喋れない』

「べつに流暢じゃなくていいよ。俺に伝わればいいんだし、ちゃんと伝わってるし……」

焦《あせ》ると言葉が不明瞭《ふめいりょう》になり、抑揚《よくよう》も危うげではあるけれど、イントネーションなんて方言でも違う。文章が完璧なだけあり、会話そのものがおかしいわけではない。

「響さん？」

吹野は目を逸らした。再び忙しそうにして、サラダを用意する作業に冷蔵庫と行ったり来たりする。

カーディガンの袖《そで》を、館原は小さく引っ張った。このまま流されるわけにもいかず、そろりと顔を覗き込んで意識を向けさせる。

「なんか気を悪くした？　俺、考えなしだったとか？」

吹野は首を振り、少し迷ってから再びスマホを手にした。

『君に変な声を聞かれたくない』

「変って……べつに変じゃないし。それって、俺が相手だからってこと？　ようするに、俺の前では完璧で素敵な響さんでいたいとか、そういう乙女心……」

スマホの角で胸元を小突《こづ》かれた。結構痛い。

『朝食にしよう』

ふっと笑って背を向ける。『もうこれ以上は聞きません、話しません』のポーズだ。

鼻腔《びこう》が喜び続けるパンの匂いは、腹からの催促《さいそく》の音を誘発《ゆうはつ》し、館原は大人しく手伝いに従事《じゅうじ》することにした。

美しいクロスのダイニングテーブルで、リストランテ気分の朝食を。

サラダの材料と思っていた一部は、フィセルに挟《はさ》む具材だった。小さなバゲットのようなフランスパンは、自家製ハーブとリオナのサンドイッチへと変わる。

チーズブールに、じっくりと焼いたベーコンを添えたスクランブルエッグ。スープはミネストローネと隙のないモーニングの並んだテーブルの向こうで、森の大きな別荘の美しい主人は満足げな微笑みを湛《たた》える。

東向きでない窓は自然光も柔らかで、ガラスピッチャーやグラスの水までもが優しく瞬《また》くように輝く。

穏やかな食事を終えた後は、館原が朝食の礼に淹《い》れた紅茶を飲んだ。ここ数日の暖かさで、隣町の御代田町《みよたまち》の公園の桜がだいぶ開花しているらしく、見に行こうという話になる。車ですぐの距離だ。

館原は場所を確認しておこうとスマートフォンを手にして、通知が来ていることに気がついた。未だ活用できてはいない、する気も薄いツイッターからの知らせだ。

「……あ」

思わず口が半開きになる。

テーブルの向こうでティーカップを手にした吹野が首を捻《ひね》り、桜の刺繍《ししゅう》の舞うクロスのテーブルを指先でトントンと叩いた。

「あー、なんかカイルが怒ってて。帰りの飛行機で一緒になった奴。ツイッターで俺が送ったダイレクトメールが、リプだったみたいで」

『普通そこは間違えないと思う。なに送ったの？』

「……いや、いつまで日本にいるのって普通に。あと、日本人の彼女もまだ一緒なの？って。

一人旅ってことになっててびっくりしたよ、アメリカの奥さん大丈夫?……って普通に、やんわりと」

途中からだいぶ普通じゃない。

吹野は一言返した。

『それは怒るね』

リプは問答無用の全体公開、全世界配信だ。カイルは自業自得《じごうじとく》とはいえ、悪いことをした。怒りのダイレクトメールに、火消しの言い訳に躍起《やっき》になっているタイムライン。後でなにかうまい誤魔化《ごまか》しでも考えてやろうと思いつつも、じわじわとおかしくなってきて、館原はつい笑ってしまいながら指を動かす。

画面をスワイプする動きを止めた。

「あれ、なんかフォロワーがすごい増えてる」

世界で活躍するプロのヴァイオリニストとしてはさすがに寂しい数字だった館原のフォロワー数は、桁《けた》がおかしくなったのかと思うほど激増《げきぞう》していた。カイルとのやり取りが拡散され、本人か怪しかったアカウントの真偽《しんぎ》も証明されたらしい。

——怪我の功名《こうみょう》ってやつか。

フォロワーの中にマネージャーの西上《にしがみ》もいる。勝手にSNSを始めた上、スキャンダラスなネタで目立ってしまい怒っているかもしれない。しばらく連絡は取らないでおこうと、卑怯《ひきょう》かつ消極的な対応を考え、館原はアプリを閉じる。

それより、吹野との花見だ。

場所も確認し、昼にランチがてら出かけることになった。

『座れる場所もあるから、お弁当用意すればよかったね』

家を出る間際に吹野が言った。

「じゃあ、また今度……そうだ、夏になったら響さんの秘密スポットにも行こうよ」

首を傾《かし》げる男に、「クリスマスの」と告げる。車を停めたあの山の上の広場は、緑深まる季節こそが本領発揮だろう。

表に出た吹野は、玄関を施錠《せじょう》しながら、思い出したようにアイボリー色のスプリングコートのポケットから鍵を取り出した。キーホルダーもなにもついていない裸の鍵だ。

押しつけるように手渡され、館原は突然のことに戸惑う。

「え……俺にくれるの？」

コクコクと頷くも、吹野らしく合鍵を渡すには素《そ》っ気《け》ない表情に仕草だ。駄目押しのようにスマホでも理由を見せられる。

『変な訪ね方されるよりいいから。君は無断侵入してばっかりだな』

「無断って、だって鍵が開いてたから。響さん、一人暮らしなのに裏口開けっ放しって不用心すぎないか？　あ……ちょっと待って、もしかして開けておいてくれたの？　俺のために？

そうなんだろ？　それで待ちくたびれて寝ちゃったんだ？」

ガレージへ向かう吹野の周りを、どうにか視界に収まろうとうろつく館原は、散歩に出る飼い主に興奮してじゃれつく大型犬のようだ。

「響さん、なんか言えってば。ちょっとは喋ってくれよ」

「……ば、か」

「バカは丁寧に言わなくていい。あっ、『好き』って言おうとして間違えた？」

調子に乗って揶揄《からか》うと小突かれるのを判っているのに、つい言葉にしてしまう。

館原は受け取った合鍵をキーケースにしまいながら、思い当たった。

吹野の袖を引く。

「そうだ、今日は俺が運転するよ。たまには俺の車でドライブってのもいいだろう？」

吹野の車とガレージに並んで収まり、無駄に艶《つや》やかなボディを光らせているだけの愛車を目線で示す。濃紺《のうこん》のようなナイトブルーメタリックのポルシェ９１１だ。正直、冬の軽井沢には向いておらず、吹野の元へ来るときはこれまで自宅駐車場で置き物になっていた。

エンジンサウンドの鋭さが刺激的で選んだ車ながら、今からの季節なら走りも爽快《そうかい》で心地いい。

『スポーツカー乗るの初めてだ』

見せられたスマホの画面に、ちょっと驚く。

「え、ホントに？　じゃあドライブ楽しまなきゃな」

『ワクワクするよ』

珍しく童心《どうしん》に返ったみたいな反応で、吹野は笑んだ。恋人を助手席に乗せた館原は、ヴァイオリンを隣に座らせたときのように柔らかな走りで出発した。

フロントガラス越しの空は明るく青い。木立《こだち》の合間に見える浅間山《あさまやま》は、白い帽子が山裾《やますそ》からまた一段と小さくなり、季節の移ろいを感じさせる。

春が来る。

春が来た。

ぽっかりと木の股《また》に浮かんだヤドリギが、木々の芽吹《めぶ》きに埋もれ、若葉に馴染《なじ》む頃にはもう夏もすぐそこだろう。

夏には、吹野の秘密の小さな広場へと車を走らせ、森の緑に深呼吸しながら木漏《こも》れ日《び》を一つ二つと数える。裁縫《さいほう》道具入れにも似たバスケットに、手作りのサンドイッチ。二人でピクニックシートを広げながら、いつか聴いた歌詞のあやふやなメロディを鼻歌に変える。

きっと気持ちのいい夏になる。

二人なら、どこにいても。

あとがき

AFTERWORD…………………

―砂原糖子―

ケサランパサラン、馬蹄《ばてい》、バナナ、水晶、ドリームキャッチャー、招き猫。

幸運を呼びそうなものって何があるかなぁと調べた末に、四葉《よつば》のクローバーというまたとんでもなくベタなアイテムに落ち着いてしまいました。お久しぶりです、砂原《すなはら》です。

作中に登場するアイテムの一つ、四葉のクローバー。消去法で決まりました。ラッキーアイテムは数あれど、ラブストーリー向きのアイテムはそうないのだなと思います。猫好きとしては招き猫を推《お》したいところですが、某シーンで招き猫つき○○を颯爽《さっそう》と収める館原《たちはら》を想像すると、感動どころか半笑いしか生まれなくなりそうなので却下に。招き猫……（未練か！）。

ヴァイオリンに愛があります。ヴァイオリン熱は人生で三度ほど訪れているのですが、一度目が引いた理由は、あまりの興奮に心拍数が上がりすぎて『息ができない！』となったことでした。クラシックのコンサート会場は『お静かに』なので、表面だけは涼し気に振舞わねばならず大変でした。もはや変態レベル、若かりし頃の思い出です。

今回、そんなヴァイオリンなどを題材に書けて幸せでした。館原はプロット上は未遂ですませる予定のHシーンを勢いで完遂《かんすい》してくれる頼もしい攻で、吹野《ふきの》は私好みの微ツンです。右肩上がりに甘い一面が増えてきていますので、これからを想像するのも楽しみなカップルです。

暴走する未来を抑えきれず、なんとすでに続篇予定があります。無事に掲載していましたら、まもなく発売の小説ディアプラス・ナツ号です。この後すぐ。夏の二人を吹野の目線で書いていますので、また違った角度で楽しんでいただけたらと思っています。

金《かね》先生、久しぶりにご一緒できて嬉しかったです。イラスト効果で、ヴァイオリンを弾く館原が一層《いっそう》男前に！　雑誌掲載時の表紙も二人の一場面を切り取ったみたいで素敵でしたが、パガニーニの演奏シーンも、見つめる吹野でなくともキュンとくる館原でした。描くのも大変そうな弦楽器が第三のキャラみたいに頻繁《ひんぱん》に登場してすみません……と恐縮しつつも、また続篇でも拝見できるのを楽しみにしています。ありがとうございます！

冒頭のような調子で、もはや演奏とは関係のないところでももたもたと迷うので、遅々《ちち》として進まない悩みはありましたが、本当に幸せな作品でした。金先生、編集部の方々、この本にご助力くださった皆さま、ありがとうございます。

読んでくださった皆さまに、どうか楽しんでもらえる作品でありますように。はじめましての方も、再び手に取ってくださった方も、本当にありがとうございます。ラッキーアイテム、四葉のクローバーをすべての方に贈りたいくらいの気分です。招き猫も！

どうか幸運が訪れますように。二人のラブストーリーでもまたお会いできますよう。

2021年5月

砂原糖子。

コロコロ…
ポンポン
ドス
帰国をまってる間の
ひびき

この本を読んでのご意見、ご感想などをお寄せください。
砂原糖子先生・金ひかる先生へのはげましのおたよりもお待ちしております。

〒113-0024　東京都文京区西片2-19-18　新書館
[編集部へのご意見・ご感想] ディアプラス編集部「バイオリニストの刺繍」係
[先生方へのおたより] ディアプラス編集部気付　○○先生

- 初出 -
バイオリニストの刺繍：小説ディアプラス2020年ハル号（Vol.77）
刺繍作家のヤドリギ：書き下ろし

[バイオリニストのししゅう]
バイオリニストの刺繍

著者：**砂原糖子** すなはら・とうこ

初版発行：2021年6月25日

発行所：株式会社 新書館
[編集] 〒113-0024
東京都文京区西片2-19-18　電話（03）3811-2631
[営業] 〒174-0043
東京都板橋区坂下1-22-14　電話（03）5970-3840
[URL] https://www.shinshokan.co.jp/

印刷・製本：株式会社 光邦

ISBN978-4-403-52532-2

ディアプラスBL小説大賞
作品大募集!!

年齢、性別、経験、プロ・アマ不問!

賞と賞金

大賞：30万円 ＋小説ディアプラス1年分
佳作：10万円 ＋小説ディアプラス1年分
奨励賞：3万円 ＋小説ディアプラス1年分
期待作：1万円 ＋小説ディアプラス1年分

＊**トップ賞は必ず掲載!!**
＊**期待作以上のトップ賞受賞者には、担当編集がつき個別指導!!**
＊第4次選考通過以上の希望者の方には、個別に評をお送りします。

内容

■キャラクターとストーリーが魅力的な、商業誌未発表のオリジナルBL小説。
■**Hシーン必須。**
■同人誌掲載作は販売・頒布を停止したもの、ネット発表作品は該当サイトから下ろしたもののみ、投稿可。なお応募作品の出版権、上映などの諸権利が生じた場合、その優先権は新書館が所持いたします。
■二重投稿、他者の権利を侵害する作品の投稿は固く禁じます。

ページ数

◆400字詰め原稿用紙換算で**120**枚以内（手書き原稿不可）。可能ならA4用紙を縦に使用し、20字×20行×2〜3段でタテ書き印字してください。原稿にはノンブル（通し番号）をふり、右上をひもなどでとじてください。なお、原稿には作品のストーリー概要を400字以内で必ず添付してください。
◆応募原稿は返却いたしません。必要な方はバックアップをとってください。

しめきり 年2回：1月31日／7月31日（当日消印有効）
発表 1月31日締め切り分……小説ディアプラス・ナツ号誌上（6月20日発売）
7月31日締め切り分……小説ディアプラス・フユ号誌上（12月20日発売）

あて先 〒113-0024 東京都文京区西片2-19-18
株式会社 新書館　ディアプラスBL小説大賞 係

※応募封筒の裏に【タイトル、ページ数、ペンネーム、住所、氏名、年齢、性別、電話番号、メールアドレス、連絡可能な時間帯、作品のテーマ、執筆日数、投稿歴、投稿動機、好きなBL小説家】を明記した紙を貼って送ってください。